うそつきなジェントル

御堂なな子

幻冬舎ルチル文庫

CONTENTS ✦目次✦ うそつきなジェントル

✦カバーデザイン＝吉野知栄（CoCo.Design）
✦ブックデザイン＝まるか工房

イラスト・高星麻子✦

うそつきなジェントル

プロローグ

それはとても、美しい場所だった。青く茂ったオークの葉と、その葉の縁にきらきらと反射する木漏《こも》れ日。森からやってくる清涼な風は、木々と土の香りを帯びて、湖畔で水を飲む馬たちの鬣《たてがみ》を揺らしている。

鼻を突き合わせ、じゃれるように水辺に佇《たたず》むのは、気品に溢《あふ》れた白毛と、躍動感に満ちた栗毛《くりげ》の、二頭のサラブレッドだ。まだ若駒の彼らは、愛する主人とその友人を鞍《くら》の上に乗せるのがとても好きで、厩舎《きゅうしゃ》のある館《やかた》からここまで、唄《うた》うように蹄《ひづめ》を鳴らして二人を運んで来たのである。

「キャロル、ルイス、おやつだよ。——ははっ、ルイスったら、僕の指まで食べちゃいそうだ」

馬たちの名前は、英国のポピュラーな作家の名前にちなんだものだった。名づけ親である主人が差し出したニンジンを、二頭がおいしそうに食べる姿が微笑《ほほえ》ましい。

馬に信頼され、愛される主人であることは、英国の上流貴族と呼ばれる人たちにとって、大切な素養なのだと以前聞いたことがあった。ニンジンを持つ手をぺろりと舐《な》められて、くすぐったそうにしている彼こそが、生まれながらの貴族。彼のことをじっと見つめていると、十五歳の澄んだ碧《あお》い瞳《ひとみ》が、ふとこちらを向いて瞬《まばた》きをした。

「ハル。お昼寝から起きた？」

「眠ってなんかいないよ。気持ちいいから、寝転んでいるだけ。君は本当に馬と仲良しだなって、感心して見ていたんだ」

出会った時から、彼は自分のことを、『ハル』と愛称で呼んでいる。

湖底まで透き通って見える、綺麗《きれい》な水で両手と顔を洗った彼が、白皙《はくせき》の頬《ほお》を濡《ぬ》らしたままで歩いてきた。

「馬好きの父様《とうさま》を見習って、キャロルとルイスが生まれてからずっと、僕が世話をしているからね。でも、キャロルは僕よりも、ハルの方が好きみたいだ」

「そう、かな」

「キャロルの母親の母親は、日本で競走馬をしていた馬なんだって。キャロルはサムライのハルを自分の背中に乗せることを、誇らしく思っているんだよ」

「サムライって……。子供の頃から剣道をやっているだけなのに」

「袴姿《はかますがた》で竹刀《しない》を持つハルは、雪原に立つ馬たちのように凜《りん》としている。初めて剣道の稽古《けいこ》をしているハルを見た時の衝撃を、僕は忘れないよ」

草の上に膝《ひざ》をつき、十五歳にしては大きな影を作りながら、彼が木漏れ日を遮《さえぎ》る。いずれ立派な紳士に成長するだろう、まっすぐなその瞳で覗《のぞ》き込まれると、否応《いやおう》なく心臓がざわついた。

いつの頃からか、彼に見つめられることがつらくなった。彼の碧い瞳はまるで鏡だ。知りたくなかった自分の心の奥底まで、美しいその瞳は映し出してしまいそうで怖い。鼓動を彼に聞かれたくなくて、寝返りを打とうとしたら、彼の形のいい顎《あご》の先から、水の雫《しずく》がぽたりと落ちてきた。

「顔を、拭《ふ》かないと。じっとしていて」

「うん――」

スラックスのポケットから、慌《あわ》ててハンカチを出して、濡れた彼の頬に押し当てる。指先が震えたのは、強く擦《こす》ったら傷がついてしまいそうなほど、大切に育てられた彼の頬が、白く滑《なめ》らかだったからじゃない。ハンカチ越しでさえも、彼に触れるのは罪な気がして、緊張してしまったからだ。

「目を閉じて、アッシュ。そんなにじっと見つめられると、……その、照れくさいよ」

「だって、ハルのことを見ていたいんだもの。僕は、ハルのことが大好きだから」

てらいもなく彼が告げた言葉。――ハルが大好き。馬が大好き。湖が大好き。十五歳の彼の想《おも》いは、それらと同種の好意だと、自分で自分に堰《せき》を作って微笑みを返す。

「ありがとう。僕も、アッシュのことが大好きだよ」

小さな子供に言い聞かせるように、できるだけ優しい声音《こわね》を作った。

そうだ。彼はまだ少年。自分は大人。背の高さも体つきも、彼の方がうんと年上に見えたところで、二十歳の自分とは『好き』の意味が違う。

「ハル」

ふと、彼が真剣な表情をして、瞬きを止めた。金色の彼の髪から、陽を反射した光彩が弾《はじ》けている。眩《まぶ》しい――と目元に持ち上げた自分の手を、そっと彼に取られた。

「僕はハルに恋をしている。あなたは僕の、初恋の人なんだ」

湖面を渡る風。サラブレッドたちの嘶《いなな》き。白毛と栗毛の鬣の遥か上を飛ぶ、鳥の羽ばたきの音。それらのどれも、彼の告白を掻《か》き消してはくれなかった。

「……アッシュ……」

包み込まれた指先に伝わってきた、彼の手の力は、少年のそれを超えていた。

一途《いちず》に向けられたのは、真実の想いだ。だからこそ、彼を受け止めることはできない。

「風が強くなってきた。君の館に帰ろう、アッシュ。楽しい休憩の時間は終わりだよ」

「ハル。どうして？　どうして僕に応《こた》えてくれないの」

「アッシュ。休憩は終わりだと言った。勉強の時間になったら、僕を何と呼ぶのだった？」

「……遥人《はると》先生」

「正解」

近い未来に、英国貴族の称号を受け継ぐ彼と、その家庭教師。愛情に溢れた碧い瞳が、いっときの失望で曇ったとしても、自分に強いた彼との一線を、けして後悔しない。

分別やモラル、ルール、考えつくだけのたくさんの砦《とりで》を築いて、彼を正しい道に導くことが、家庭教師の自分の役割なのだから。

「今日は君の好きな、日本人作家の小説のテキストを作ったんだ。早く館に帰って授業を始めよう」

振り返らずに、馬たちの方へと歩き出した自分は、さぞや臆病者だったに違いない。乗馬服の背中に、痛いほど彼の視線を感じながら、言葉にしてはならない想いを、心の中で囁《ささや》いた。

僕も、君に恋をしている。アッシュ。アシュリー・ジェラルド。——いとおしい、マイロード。

1

聖なるものに祈る礼拝堂から、ステンドグラスで飾った天に向かう高い窓が、石造りの廊下の先へと続いている。十六世紀の創立当初に建てられたという、荘厳《そうごん》な本校舎の中は、そこに漂う清澄《せいちょう》な空気を吸うだけで身が引き締まる。

「いかがです、ミスター・サガラ。当校の雰囲気は」

「――はい。以前に何度か、こちらを見学させていただいたことがあるのですが、その時と同じ歴史の重みを感じます。自分がこの場所で教鞭《きょうべん》を執るのかと思うと、まだ夢を見ているようで、信じられません」

英国の新学期の季節である、九月の初め。世界中から良家の男子のみを生徒に受け入れている、パブリック・スクールの名門中の名門、セント・パウエル校に、一人の日本人教員が赴任した。

相良《さがら》遥人、二十七歳。担当教科は今年度から新設された日本文学、及び、必修外言語（第二選択言語）の日本語だ。

「あなたにお願いする日本文学の講座は、主要国に対する教養と見分を広める学科群の一つとして位置づけています。日本語の習得ともども、生徒たちに有意義な授業となることを求めます」

「承知しました。精一杯努めさせていただきます。よろしくお願いします」

白髪の紳士、ジョージ・サミュエル校長は、遥人の返事ににこやかに微笑んだ。

遥人はセント・パウエル校の東京にある姉妹校、藤ヶ丘星凌《ふじがおかせいりょう》学園で、高等部の国語教員をしていた。両校の間で交わされている教員の交換派遣制度によって、この九月から一年間、セント・パウエル校に自分の講座を持つことになったのだ。

「校舎や敷地内の詳しい案内は、こちらの生徒が務めます。ルカ・フェザーノーツ、当校の第488代生徒総長です」

校長の紹介を聞いて、遥人は驚いて瞳を丸くした。本校舎の玄関口にあたる、一階の中央ホールで遥人を待っていたのは、特徴的な黒いガウンを着た生徒だった。

「生徒総長――。セント・パウエル校の象徴と言われる、特別な生徒ではないですか。彼に案内役をお願いするなんて、申し訳ないです」

「新任の教員が早く当校に溶け込めるよう、総長自らもてなすのが伝統なのですよ。ルカ、相良遥人先生だ。ご挨拶《あいさつ》を」

「はじめまして、ミスター・サガラ。あなたと接する最初の生徒になれたことを、光栄に思います」

「はじめまして。こちらこそ、将来の英国の名士に会えて光栄です」

十三歳から十八歳までの、各学年に数人ほどしかいない、トップクラスの成績優秀者だけが着られる黒いガウン。同じ色のガウンを着た少年と、自分が昔親しくしていたことを、遥人は遠く思い出した。

（彼は学年首席の秀才だった。十八歳の最終学年には、きっとこのルカ君と同じ、生徒総長になっていただろう）

ルカの緩《ゆる》く巻いたプラチナブロンドと、透き通った瑠璃《るり》色の瞳。黒いガウンに身を包んだ彼は、すっと背筋が伸びていて、立ち姿が美しい。フェザーノーツ家は英国屈指の大貴族だが、その名を聞かなくても、品のいい生徒だと一目見ただけで分かる。

「一年の短い任期ですが、よろしくお願いします。フェザーノーツ君」

遥人が遠慮がちに伸ばした右手を、彼はそっと両手で包んだ。

「どうぞルカと呼んでください。それでは、この本校舎からご案内しましょう」

遥人は校長に一礼をして、ルカの後ろをついて歩いた。

遥人たち教員の部屋が集められた教務棟や、毎日の朝礼で使う大講堂。本格的なオーケストラピットを備えたオペラホールに、生徒も教員も自由に利用できる、世界中の名著を揃《そろ》えた五階建てのライブラリー。セント・パウエル校の施設は、どれも遥人が溜息《ためいき》をつきたくなるほど充実していた。この学校の教育環境の良さは知っていたはずが、これほどとは思わなかった。

「勉学、芸術教育の他に、当校ではスポーツにも力を入れているんです。毎年サマースクールには、藤ヶ丘星凌学園の生徒を招待して、私たちと一緒にトレッキングやカヌーを楽しみます」

「自分も一度、生徒としてこの学校に入学してみたかったです。様々な経験ができそうですね」

規則正しく並んだ窓の外に、瑞々《みずみず》しく茂った芝生の庭が見える。なだらかな芝生《しばふ》の向こうに広がるのは、何面も取れるグラウンドやテニスコート、そして馬場。ロンドン西郊、王室の街であるウィンザーをテムズ川の向かいに臨む、広大な敷地。英国の上流階級のみならず、世界各国のエリート層たちが、このセント・パウエル校を巣立っていったのだ。

そんな特別な学校に勤務できるなんて、幸運なことに違いない。姉妹校の教員とはいえ、セント・パウエル校からの招聘《しょうへい》がなければ、交換派遣制度が適用されない仕組みだ。経験の乏《とぼ》しい自分が、どうしてこの由緒ある学校へ招かれたのか、遥人は今も不思議だった。

「ミスター・サガラ、私もミスターの日本文学の講座を受講してもかまいませんか？　新設された講座なので、友人たちも興味があると言っていました」

「もちろん。お友達も一緒にどうぞ、歓迎します」

「ありがとうございます」

「そう言えば、君は何か、クラブには入っているんですか？　この学校は課外活動も盛んなようですが」

「はい。セーリングと、絵画を」

「あ…、確か君の家系は、有名な油絵画家のリンデル・フェザーノーツ氏を輩出していますね。何年も前ですが、個展を観に行ったことがあります」

「リンデルは私の大伯父《おおおじ》です。大伯父も当校の出身で、校舎内に飾ってある絵画のいくつかは、彼の作品です。今は理事長の肖像画の作製に取り掛かっていると聞きました」

「理事長の肖像画？」

「はい。新しい理事長が就任した際の、恒例の行事です。今日はその理事長が、ミスターにご挨拶がしたいと、執務室でお待ちですよ」

「え？」

「実は私は、ミスターを必ずお連れするように、理事長から密命を受けているんです。こちらへどうぞ」

ルカはそう言いながら、本校舎の三階の端にある、重厚な彫刻に飾られたドアの前で足を止めた。ガウンの袖《そで》を伸ばして、学校のシンボルである梟《ふくろう》の形をしたノッカーを、コツ、コツ、と叩《たた》く。

「理事長、ミスター・サガラをお連れしました」

『ありがとう。鍵《かぎ》は開いている。遠慮なく、お入りください』

室内から、流暢《りゅうちょう》な日本語の返事が聞こえたことに、遥人は驚いた。理事長はおそらく英国人だろうに、癖や訛《なま》りのない滑らかな発音だった。

「私の案内はこれで終了です。ここから先は、お一人で」

「あ——ありがとう。いろいろ教えてくれて、助かりました」

「いいえ。学内で困ったことがあったら、いつでも相談してください」

ルカが開けてくれたドアの向こうに、セント・パウエル校の運営者がいるのだと思うと、校長や生徒総長に会うのとはまた別の緊張感が湧いてくる。

鼓動を速めた遥人は、少し前屈《まえかが》みになりながら、マホガニー材の家具に囲まれた執務室へと、一人で足を踏み入れた。

「失礼いたします。本日よりこちらへ赴任いたしました、藤ヶ丘星凌学園教員の相良遥人と申します」

飴《あめ》色のデスクの向こう側で、理事長と思《おぼ》しき男性は、遥人に背中を向けていた。本棚に伸ばしていた彼の右手は、透明なカバーをかけてディスプレイされた、一冊の雑誌に触れている。明治時代中期に刊行された、希少価値のあるその雑誌のことを、遥人は知っていた。

(『國民之友《こくみんのとも》　第六十九号』。森鷗外《もりおうがい》の初期の名作、『舞姫《まいひめ》』を収録した雑誌だ)

明治の文豪が、自身の体験を綴《つづ》ったとも言われている『舞姫』。一般の日本人でも、今はあまり紐解《ひもと》かなくなった『舞姫』を、遥人は親しくしていた少年に、絵本のように読み聞かせたことがある。

金色の美しい髪と、澄んだ碧い瞳の持ち主。その少年はセント・パウエル校に通う、黒いガウンを着ることを許された優等生だった。そして、英国の大学に留学していた遥人は、彼に日本語を教えていた家庭教師だった。

「この雑誌は、私の大切な宝物です。状態の良いものを入手するのに苦労しました」

「素晴らしい蔵書の数々ですね。近代の日本文学がお好きなのですか？」

「ええ。以前、私の家庭教師をしていた人が、この時代の作品を使って、よくテキストを作っていたことを思い出します」

「家庭教師？」

「相良遥人——。あなたが英国へ戻ってくるのを、ずっと待ち焦がれていました」

「え……？」

ふ、と雑誌から手を離した理事長が、ゆっくりと遥人の方を向く。綺麗なウェーブがかかった金色の髪と、しんと凪《な》いだ湖のように澄んだ瞳。碧い色の宝石のようなそれが、遥人の姿を捕らえる。

「私が当校の理事長、アシュリー・ジェラルドだ。ミスター・サガラ、いや、遥人先生、あなたを歓迎します」

大きく瞬きをして、遥人は信じ難い再会を前に、声を震わせた。

「……何故《なぜ》……君が……?」

アシュリー・ジェラルド。——人知れず遥人が愛し、それ故《ゆえ》に英国に置き去りにしたはずの、十五歳だったアッシュ。

理事長だと名乗った彼を、眩暈《めまい》のように揺れる視界に映しながら、遥人の時計はひといきに逆回転を始めていた。

七年前。とても寒かった、遥人が二十歳になった年の冬。

ロンドンの中心地、賑《にぎ》やかな土曜日の夕刻のメイフェアの街を、遥人は剣道の防具入れを肩に担《かつ》いで歩いていた。治安のいいこの街にタウンハウスを所有している、フィリップ・ジェラルド伯爵のもとで、遥人がホームステイをして二年目になる。

去年の夏、遥人は留学のために、初めて英国へやってきた。祖父の代から続く剣道場の総師範で、指折りの剣士でもある遥人の父親は、若い頃に英国主催の文化・スポーツの交流事業でジェラルド伯爵と出会い、以来友人になった。日本の武道に深く感銘を受けた伯爵は、その縁で、遥人の留学中のホストファミリーになってくれたのである。

「お帰りなさいませ、遥人さん」

「ただいま、メイヤーさん。いつもご苦労様です」

夕暮れの通りに面したタウンハウスの玄関ロビーで、執事が遥人に向かって礼をする。

英国の裕福な貴族とその家族は、ロンドンの都心で平日を過ごし、週末は郊外のカントリーハウスでゆっくりと過ごすことが多いようだ。遥人はタウンハウスから大学に通う傍《かたわ》ら、ジェラルド伯爵が出資して開いた剣道場で、週に数回鍛錬《たんれん》を積んでいた。

祖父と父親の背中を追い駆けるようにして、遥人が子供の頃に始めた剣道は、二十歳の現在で四段の腕前になっている。読書が趣味で大学は文学部を選んだが、剣道場を継がせたがっている両親との間で、進路について悩むようになった。ちょうどその頃、ジェラルド伯爵から留学を勧められて、遥人は自分の将来のことを真剣に考えるために、一度日本を離れたのだった。

「ジェラルド伯爵、パトリシア奥様、ただいま戻りました――」

「遥人先生！　お帰りなさい！」

リビングに入ると、赤と白の帽子をかぶった女の子のサンタクロースが二人、遥人を目がけて突進してくる。遥人は伯爵の子供たちに日本語を教えている、家庭教師でもあるのだ。

「わ…っ、ただいま、エイミー、スーザン。その帽子どうしたの、二人とも。クリスマスまでまだ一ヶ月もあるよ？」

「今日お父さまに買ってもらったの。クリスマスまでのカレンダーと一緒に」

「カレンダーはパズルになっててね、一日に一枚ずつめくっていくの。何が出てくるかはヒミツ」

「ヒミツ、ヒミツ」

「そうなんだ？　クリスマスにみんなで確かめよう。楽しみだね」

二人のふわふわの髪を撫《な》でてやると、小さなレディ・サンタは嬉《うれ》しそうに笑って、遥人の腕に抱き付いた。

ジェラルド伯爵の愛娘たち、日本の小学校にあたるプレップスクールに通っているエイミーとスーザンは、家庭教師の遥人にとてもよく懐いている。英国でも放映している日本のアニメは、二人の格好の教材だ。

「遥人先生、日本語のクリスマスの歌を教えて」

「だーめ。遥人先生は、私と絵本を読む約束をしてるの」

ぎゅうぎゅう両側から甘えられて、嬉しい反面身動きができずに困っていると、エプロン姿のジェラルド伯爵夫人が子供たちを窘《たしな》めた。

「二人とも、駄目よ、遥人は剣道の稽古の後で疲れているんだから。――お帰りなさい、遥人。お腹《なか》は空《す》いてない？　この子たちがあなたのためにマフィンを焼いたの。不格好だけれど、よかったら味見をしてあげて」

「もちろん、喜んで。小さなサンタさんたちも一緒に食べよう」

「食べよう、食べよう、ねーっ」

ねー、と照れながら追随して、遥人は暖炉のそばのソファに腰かけた。

英国の家庭では、十一月の半ばを過ぎたらクリスマスツリーを飾るのが一般的だ。遥人も飾り付けを手伝ったツリーのそばで、このタウンハウスの主《あるじ》、ジェラルド伯爵が寛《くつろ》いでいる。

「遥人、いつもすまないね。娘たちの相手は大変だろう」

「いいえ、伯爵。僕もこの子たちと過ごすのを、とても楽しんでいますよ」

「それならばいいんだが。ヌワラ・エリアの質のいい茶葉が手に入った。君もどうぞ」

「はい。いただきます」

大きな暖炉を中心にしたリビングは、伯爵一家が過ごすとてもプライベートな空間で、いつも紅茶のいい香りが漂っている。チョコチップ入りのマフィンを早速ごちそうになっていると、リビングから直接二階に続いている階段を見上げて、夫人が呟《つぶや》いた。

「アシュリーったら、どうしたのかしら。いつも遥人を一番に迎えにいくのに。部屋から出てこないわ」

「アッシュ兄さまは学校から帰ってからずっと、読書室にこもりきりよ」

「さっき、日本語の難しそうな本を読んでたの」

「まあ。あの子の分の紅茶も淹《い》れてしまったのに、どうしましょう」

「あ…、僕が呼んできます。冷めないうちに」

「ありがとう、遥人。あの子はあなたにだけは従順だから、甘えてしまってごめんなさいね」

「いえ」

遥人はソファを立って、上品な絨毯《じゅうたん》が敷かれた階段を上った。

二階のフロアには、主寝室と伯爵の書斎、そして子供部屋などが並んでいる。遥人は自分に宛《あて》がわれたゲストルームの向かいにある、小さな部屋のドアをノックした。

「アッシュ、僕だ。リビングに紅茶と、エイミーたちが作ってくれたマフィンがあるよ」

「――――」

「転寝《うたたね》でもしているのかい、アッシュ。……入るよ？」

ノブを回して、そっとドアを開ける。室内から仄《ほの》かに香ってきたのは、本の匂《にお》いだ。百科事典や世界の名作全集を揃えたこの部屋を、勉強部屋にしている少年が、猫脚のカウチに体を預けて横になっている。

カウチの端からはみ出した、遥人の足よりもずっと長い彼の足。十五歳で既《すで》に百八十センチ以上ある長身を、しなやかに横臥《おうが》させている姿は、休息を取る気高い獅子《しし》に似ている。彼が風邪をひかないように、遥人は自分の上着を脱いで、冷えた体に掛けた。

ジェラルド伯爵の長男、アシュリー。愛称はアッシュ。名門パブリック・スクール、セント・パウエル校の寮で寄宿生活をしている彼は、週末に学校が休みになると必ず帰宅して、遥人との日本語の勉強に励んでいた。

（綺麗だ。夕日がアッシュの睫毛《まつげ》にあたって、きらきらしてる）

生まれながらの貴族の少年は、眠りの中にいても美しい。アシュリーの印象は、彼に初めて会った時と少しも変わらなかった。

目を奪われる——という感覚を、遥人は彼によって教えられた。今思えば、一目惚《ひとめぼ》れに近い感覚だったと思う。アシュリーの端整な外見と、表情や仕草、声から醸《かも》し出される圧倒的な気品。剣道で絶対に敵《かな》わない相手を前にした時のような、彼との厳然とした格の違いに、遥人は自分が五歳も年上だということを忘れてしまうほどだった。

（でも、君は意外に甘えん坊だった。愛されて育てられた天真爛漫《てんしんらんまん》さで、僕を振り回して、虜《とりこ》にした）

進路の悩みを抱え、逃げるように英国にやって来た遥人のことを、アシュリーは一番に慕ってくれた。最初は絵本から始めた日本語の勉強も、あっという間に上達して、彼と話す時は英語が必要でなくなるほどだった。どうしてそんなに勉強熱心なのかと尋ねた時の、彼の答えは、きっと一生忘れない。

『勉強をしている時は、ハルは僕だけのハルだから。友達と一緒にいても、日本語を使えばテレパシーみたいに、僕とハルだけ内緒話ができるよ』

いたずらを思い付いたように、得意げに笑った彼が、かわいらしくて、いとおしかった。

貴族でも何でもない、まだ何者にもなれていない遥人のことを、アシュリーは手放しで信頼し、愛してくれる。抗《あらが》えない引力で、彼に魅了されていったのは、必然だった。

——この国に来て出会った、年下の少年に抱《いだ》いた親愛の感情に、偽《いつわ》りも嘘《うそ》もない。そう信じていたのに。自分の感情に後ろめたいものが混じり始めたのは、いったいいつからだろう。

(君の眠った顔は、罪だ。アッシュ)

遥人が英国に来て一年と少しのうちに、金髪の天使から、若く気高い獅子へと成長したアシュリーの顔。微《かす》かに呼吸を繰り返す、アシュリーの唇へと指を伸ばそうとして、遥人は途中でやめた。

一度触れたら、また触れたくなる。

アシュリーの寝顔は、遥人をひどく落ち着かない気分にさせる。それなのに、彼は学校の寮から帰ってくると、いつもゲストルームの遥人のベッドに潜り込んできて、一緒に眠りたがった。

あれはいつの夜だったか、彼が読み聞かせをしてほしいとねだってきたのが、森鷗外の『舞姫』だった。ドイツに留学した日本人が主人公だと聞いて、遥人と境遇を重ね、興味を持ったらしい。アシュリーには難しい明治時代中期の名著を、現代語訳の文庫本を元に読み聞かせた。

留学先で愛する人と出会った主人公は、苦悩と変節の果てに、その人を置き去りにして日本へ帰国していく。物語の結末を知ったアシュリーは、碧い瞳からぽろぽろと涙を零《こぼ》して、遥人に言った。

『ハルは帰らないで。ずっと僕のそばにいて。僕を一人で置いて、日本に帰らないで』

物語の世界に入り込んでしまった少年の、翌朝になれば忘れてしまうような泡沫《うたかた》の言葉だと分かっていても、嬉しかった。その日の夜は、泣き顔のアシュリーを胸に抱いて、彼が疲れて眠ってしまうまで、ずっと頭を撫でていた。

『——ハル、明日の朝になっても、ここにいてね』

『目が覚めたら、一番にハルを見るんだ。そしておはようのキスをする』

『ベッドまで僕が紅茶を運んで、「今朝のお砂糖はいくつ？」って聞くからね』

彼が寝息を立て始めてから、涙声で言ってくれた言葉の一つ一つを反芻《はんすう》して、胸がいっぱいになった。大切な存在に一途に求められる、これ以上の幸福があるだろうか。いとおしくてたまらない思いで、涙が伝った痕《あと》が残っていたアシュリーの唇に、遥人は指先で触れた。

柔らかく、強く圧《お》したら壊れそうなその唇。眠りに落ちていた彼が、無意識に遥人の指を食《は》んでくる。その瞬間、ずきん、と自分の中に走った衝動に、遥人は震えた。

——この唇にキスがしたい。

鋭い稲妻に、体を裂かれたのかと思った。遥人の見てきた世界が形を変えた、背徳的な衝動だった。

そんなものが自分の中にあったなんて、知らなかった。相手は少年、一途に慕ってくれるアシュリーなのに。

震えながら離した指を、遥人はまるで痛みで上書きするように、強く噛《か》んだ。でも、柔らかなアシュリーの唇の感触は消えてはくれずに、罪の意識を伴って遥人の中に深く残った。

(あれからずっと、僕は君に、嘘をついている。君をいとおしく思うこの気持ちが、過ちだと気付いたから)

あの夜と同じようにアシュリーの寝顔を見下ろして、遥人は唇を噛み締めた。戒めの痛みをもう一度自分に与えて、無理矢理に家庭教師の顔を作る。

いつまでも二階から下りてこない遥人のことを、リビングで伯爵夫人たちが不思議に思っているだろう。遥人はアシュリーの耳元に唇を寄せて、彼を呼んだ。

「アッシュ、そろそろ起きて。奥様が淹れてくれた紅茶が冷めてしまう」

そう声をかけても、アシュリーは動かなかった。カウチの座面に埋もれた彼の頬のそばには、妹たちが置いたのだろう、サンタの帽子がある。床へ落ちそうになっているそれを取ると、手の甲に、するりとした彼の白い頬の感触を覚えて、はっ、と遥人は手を引っ込めた。

「——いいよ。もっと触れて」

「え……っ?」

心臓が止まりそうだった。

眠っているとばかり思っていたアシュリーが、薄く片目を開けて、遥人のことを見上げている。澄んだ碧い瞳は十五歳の少年らしいのに、彼の眼差《まなざ》しには早熟な熱がこもっていて、遥人は内心たじろいだ。

まるで、駆け足で大人になっていくようだ。アシュリーが自分自身を、少年のままでいさせない理由は、遥人にある。

「ハル。僕にただいまのキスをして」

「……アッシュ、日本人は恥ずかしがりなんだ。普通はキスの挨拶をしないって、何度も教えたはずだよ」

「じゃあ、いい。僕の方からお帰りのキスをしてあげる」

アシュリーはカウチから起き上がり、遥人の髪に指を梳《す》き入れると、躊躇《ためら》う間も与えずに、両手で頬を包んだ。

「ハル。お帰り」

「ただいま。アッシュも、お帰りなさい」

「いい匂いがする。剣道場で、シャワーを浴びてきたんだね」

「……うん。たくさん汗をかいたから」

「僕が綺麗にしてあげたのに。ハルを泡だらけにして、マシュマロみたいに、優しく洗ってあげるんだ」

アシュリーの手は年上の遥人よりも大きく、指も長い。挨拶にしては熱いキスを、遥人の両頬にした後も、彼は手を離そうとしなかった。

「アッシュ――？」

「ハル。この間の返事を聞かせてほしい」

「何の、こと」

「ひどいな。僕があなたに、恋をしていると言ったことを、忘れたの？」

どくん、と遥人の胸の奥が鳴る。顔と顔が間近なこの距離では、心臓の音も、動揺も、ごまかしようがない。

『僕はハルに恋をしている。あなたは僕の、初恋の人なんだ』

アシュリーにそう告白されたのは、ロンドン北郊にある湖の畔《ほとり》、ジェラルド伯爵のカントリーハウスでのことだった。

広大な領地を、一緒に馬で駆けた帰り、真剣な顔で想いを告げてきた彼。まっすぐな瞳をした、禁忌《きんき》の恋をものともしないアシュリーと、遥人は違う。少年の彼を愛することに、罪の意識を覚える臆病な大人だ。

「……アッシュ、君の気持ちは、嬉しい。でも、それは恋とは違うよ。君はきっと、僕を兄のように慕っているだけなんだ」

「ハル、違う。僕はあなたのことが好き。答えて。ハルは僕のことが嫌い？」

懸命な恋を湛《たた》えた、アシュリーの碧い瞳から、遥人は視線を逸《そ》らした。親愛以上の気持ちを彼に抱いてはいけない。

「君のことが大好きだって、この間も言ったはずだよ」

「そうじゃない…っ！　僕が欲しいのは、そんなごまかしの答えじゃない」

今にも泣き出しそうな声とともに、アシュリーの両腕が、遥人を抱き締める。

激しく心臓を打つ音。震える手。潤《うる》んだ瞳。

何もかも、遥人とアシュリーは同じだった。同じ恋の前に立ち竦《すく》んでいながら、遥人だけが、アシュリーの体を抱き返せない。

「離しなさい、アッシュ。もうこの話はやめて、リビングでみんなとお茶をしよう？」

「嫌だ。僕は気付いているんだ。ハルも僕のことを愛しているって。僕と同じ気持ちだって」

「アッシュ。男の子は、かわいい女の子を好きになるものだよ。……腕を離して。苦しいよ、アッシュ」

「ハル――ねえハル。ハルの唇に、キスをしていい？　どうかイエスと言って」

混じり気のない愛情で、キスを求めてくる少年は、遥人の目には痛々しいほどいじらしい。

いっそ彼の願いを叶《かな》えてあげられたら、心臓を針で突くようなこの痛みから、楽になれる気がする。

（駄目だ。どんなに彼が真剣に想ってくれても、大人の僕が、それを許す訳にはいかない）

アシュリーの腕の中で、ノー、と遥人は囁いた。それきり何も言えなくなって、鉛のよう

に重たくなった自分の両手を握り締める。

「僕の背が、もっと伸びたら許してくれる？　僕の力がもっと強くなって、ハルのことを、もっと強く抱き締められたら。僕が――大人になったら、ハルは僕を、恋人にしてくれる？」

首を振ることしかできない自分は、なんて弱くて、情けない人間だろう。アシュリーを叱《しか》って、馬鹿なことを言うな、と、家庭教師らしく諭《さと》してやるべきなのに。

言葉にならないのは、自分もアシュリーのことが好きだからだ。今、ほんの少しでも唇を動かしたら、吐息でさえも彼への愛の囁きになってしまう。

「ハル、……ハル、遥人。何か言って」

「――――」

「約束もくれないんだ、ハル。僕が、子供だから、駄目なんだね」

切なさの結晶のような、ひどく乾いた声で呟いて、アシュリーは両腕を解《ほど》いた。端整な顔を俯《うつむ》かせて、彼は遥人の方を見ずに部屋を出て行く。傷付いた彼の背中を、遥人も見返すことができなかった。

（これでいい。たとえ臆病でずるくても、こうする他に、彼を踏み止《とど》まらせる方法がない）

アシュリーと碌《ろく》に言葉を交わさないまま、週末の休みが終わり、彼は学校の寮へと戻っていった。それから次の週末になっても、彼はタウンハウスに帰ってこなかった。その次の週末も。

「アッシュ兄さま、今日もおうちに帰らないの？」

「――きっと課外活動で忙しいのね。あの子、聖歌隊に入っていてクリスマスシーズンはいつも引っ張りだこだから。遥人も去年、セント・パウエル校の礼拝に行ったでしょう？」

「はい、アッシュの讃美歌をその時に聴きました。あんなに綺麗な歌声とは思わなくて、びっくりしました」

「うふふ。あの子の歌は私たち家族の自慢なのよ。今年もエイミーとスーザンを連れて、みんなで礼拝に行きましょう。カレンダーもクリスマスまでもうすぐね」

パズル式の一枚ずつピースをめくっていくカレンダーは、あと十日分ほどしか残っていない。週末は必ずこのタウンハウスで過ごしていたアシュリーが、急に帰らなくなったのは、遥人のせいだ。

自分のことをふった相手がいる家に、顔を出すのは気まずいのだろう。

「――ただいま、みんな」

「お父さま！　肩が真っ白！」

「外は雪だよ。車からエントランスまで歩くだけでこれだ」

遥人がアシュリーのことをぼんやりと考えていると、ジェラルド伯爵が帰宅してきた。伯爵はセント・パウエル校の理事の一人で、月に一度は理事会に出席するために、学校の方へ赴《おもむ》いている。

「お帰りなさいませ、伯爵」

「あなた、お帰りなさい。アシュリーには会えました？」

「ああ、少しだけね。元気にはしているようだ」

伯爵と夫人の会話に、それとなく耳を傾ける。彼が姿を見せなくなっても、風邪をひいたりしていないならいい。ずきん、ずきん、と疼《うず》き始めた心臓を隠すように、遥人はソファの上で膝を抱えた。

「——遥人、ちょっといいかな」

「あ…はい。何でしょう」

「私の書斎に来てくれないか。パトリシア、遥人と二人で話したいから、娘たちを近付けないように見ていておくれ」

伯爵と連れ立って、遥人はリビングから二階の書斎へと移動した。古い蔵書の多いその部屋は、一定の温度に保たれるように空調が効《き》いている。階段を上る間、一言も話さなかった伯爵が、本の香りが染《し》み込んだソファに体を預けて、遥人の方を見た。

「今日、アシュリーが寄宿しているキングスブレス寮で、あの子と話をしてきたよ。クリスマス休暇も近いのに、何故この家に帰らないのかとね」

「……彼は、何か言っていましたか」

「勉強で忙しい、と。クリスマスを誰よりも心待ちにするあの子が、聖歌隊の練習にも出ずに、放課後は部屋に閉じこもって自習ばかりしているらしい。随分根《こん》を詰めているようだと、寮監の先生が心配していた」

「え——」

「過度な自習が必要なほど、成績が下がった訳でもない。朗《ほが》らかで、人と交わるのが好きなあの子が、何故急に変わってしまったんだろう。……遥人、君は理由を知っているんじゃないか？」

静かな伯爵の問いかけが、遥人の鼓動を速くさせる。アシュリーがこの家を避け、頑《かたく》なな態度を取っている理由を、自分のせいだと打ち明けることはできない。

「すみません。僕には、分かりません」

「本当か？　君は、私に嘘をついていないか？」

「伯爵、僕は嘘なんか——」

「遥人。アシュリーは苦しんでいる。あの子は、君との関係を思い悩んでいるんじゃないか？」

遥人の背中を、す、と冷たいものが撫でた。伯爵に何も気付かれてはいけない。ぎこちない笑みを浮かべて、遥人は答えた。

「彼と僕の関係は、教え子と家庭教師としてとても良好です。昔からの友人のように親しくしてくれて、ありがたいと思っています」

「遥人、正直に言いなさい」

「え……？」

「アシュリーは君に、特別な感情を抱いているんだろう」

「特別な、感情」

「口にするのを憚《はばか》る感情だ。——アシュリーは女性に対して想いを寄せるように、君のことを愛している。そうだね？」

「伯爵……っ」

狼狽《うろた》えてはいけない。そう思うのに、遥人は冷静になれなかった。否定の言葉を探して、乾いた唇を震わせる遥人に、伯爵は憐《あわれ》みすら感じさせる抑制の利《き》いた声で言った。

「アシュリーが今日、私に打ち明けてくれた。君に自分の想いを告げたと。だが、君はあの子を受け入れなかったそうだね」

「伯爵、お待ちください。彼と僕は、そんな」

「遥人。私は誰のことも責めていない。このまま私の話を聞いて、正直に答えてほしい」

遥人の喉《のど》を、苦い唾《つば》が駆け下りていく。静寂という針のむしろの上で、頷《うなず》くことしかできなかった。

「アシュリーは、君に拒まれたのは、自分が君にふさわしくないからだと言っていた。家にも帰らず、あの子が机にばかり向かっているのは、君に認められたい気持ちの表れだ」

「……いいえ……っ。そんなはずありません」

「遥人。浅はかで、愚かしいと思うだろう。あの子はまだ十五歳だ。勉強さえすれば大人になれると思っている。所詮《しょせん》、子供のものさしでしか物事を計れない。私はアシュリーのことを、そう思っていた」

「伯爵――」

「だが、違っていたよ。今日、面会を終えた帰り際、クリスマスには帰っておいでとあの子に言った。たくさんプレゼントを用意しておくから、と。宥《なだ》めすかそうとした私に、あの子は首を振った。アシュリーは、たった一つのものの他は、何もいらないと言うんだ」

「たった、一つの、もの」

「君のことだ」

は、と遥人は瞳を見開いた。伯爵は沈痛な表情を、右手で覆い隠すようにしながら、床に視線を落とした。

「『クリスマスプレゼントは、ハルが欲しい。ハルの恋人になりたい』――。アシュリーが私に言ったこの言葉が、無邪気な子供の言葉でないことは、分かるね？」

「やめてください。僕には、何も答えられません」

「あの子は、一人の男性として、同じ男性の君を愛してしまったんだ。君以外は何も目に入らないほど」

「いいえ……っ」

「――私は初めて、アシュリーの頬を叩いたよ。あの子があんまり、まっすぐな目をするから。後ろめたい恋に惑って、いっそ私をごまかすような弱い息子だったら、頭を撫でて、かわいそうにと言ってやれたのに」

アシュリーが受けた頬の痛みが、遥人の全身に伝播《でんぱ》した。罪の意識がまた、胸の奥に湧《わ》いてくる。アシュリーの想いを、伯爵が受け入れられるはずがない。同じ恋を抱いたアシュリーと遥人を、許せるはずがない。

「遥人、君は聡明な人だから、私が言いたいことは、もう分かっていると思う。私は、あの子に自分の持てるものを、全て託すつもりだ。爵位も、事業も、数々の名誉や、財産も。アシュリーにはそれらを継いで余りある器がある」

はい、と声にならない声で頷きながら、遥人は未来の『ジェラルド伯爵』を思い描いた。アシュリーは誰からも敬愛される存在になれる。歴史ある家の名を背負ったアシュリー・ジェラルド伯爵の誕生を、彼の家族はもとより、誰もが待ち望んでいる。

だからこそ、彼の輝かしい未来を妨げるものは、排除しなければならない。たとえそれが、彼が唯一、欲しがったものだとしても。

「アシュリーのために、君の方から永遠に、身を引いてくれないか」

「……永遠……ですか」

「無礼を承知で言う。私は父親として、あの子に正しい道を歩ませたい。伯爵家の長男を、間違った恋に走らせる訳にはいかないのだ」

「……はい。僕も、同じ考えです。伯爵」

「遥人――」

「彼の前から去りましょう。僕は日本へ帰ります」

伯爵はソファから立ち上がって、遥人の両手を取ると、力強く握り締めた。

「ありがとう。君に留学を勧め、あの子の家庭教師を頼んだのは私だ。今更、勝手なことを言ってすまない」

「伯爵、お気遣いはいりません。僕は自分の立場を理解しています」

伯爵の手を握り返しながら、遥人は溢れ出しそうなアシュリーへの想いを飲み込んだ。

この恋は封じよう。永遠に。アシュリーの未来の足枷《あしかせ》にならないように、今、彼を傷付けることを恐れてはいけない。

「彼にさよならを言う機会をいただけますか。彼のおかげで、僕は英国で楽しい日々を送れました。ちゃんと挨拶をしてけじめをつけたいんです」

「ああ、分かった。私が場所と時間を用意しよう」

「ありがとうございます。それから――一つだけ。伯爵は誤解をなさっています」

「え？」

「彼が僕のことを想い、慕ってくれるのは、興味や好奇心が彼の中で憧《あこが》れに変わり、愛情だと錯覚しているからです。思春期の敏感な心が作り出す、恒常性のない感情に過ぎません。僕が大学で聴講した講義の中で、心理学上、そのような事象があると結論付けていました」

「しかし、あの子ははっきりと、君に恋をしていると言ったんだ」

「伯爵。それは限りなく恋に似た、幻の恋です。誉《ほま》れ高いジェラルド伯爵のご子息が、一家庭教師に同性愛的感情を持つなんて、あり得ません。会わなくなれば、僕のことなど、彼はすぐに忘れてしまうでしょう。どうか安心してください」

少ししゃべり過ぎたのかもしれない。押さえ込んでいた想いが、一粒の涙となって、遥人の瞳から零れ落ちた。

「遥人——?」

自分が泣いたら、伯爵に変に思われる。この想いを気付かれてしまう。遥人は涙を隠すようにして、深く頭を下げた。

「お話がお済みでしたら、僕はこれで。自分の部屋に戻ります」

「遥人、待ちなさい。ひょっとして、君は……」

「失礼いたします。僕をこの国に招いてくださって、ありがとうございました」

「遥人」

静寂していた書斎の空気が、ぴんと張り詰める。踵《きびす》を返した遥人の背中を、伯爵は呼んだ。

「君は、あの子のことを、どう思っているんだ」

「――とても優秀な教え子です。友人のように、弟のように、僕はアッシュのことを愛していました。ただそれだけです」

答えの中に、嘘と真実を綯交《ないま》ぜにして、遥人はもう一度礼をした。後ろで伯爵が息を詰めた気配がする。嘘の部分が綻《ほころ》びないように、遥人はそれきり黙って、書斎を後にした。

自分に宛がわれたゲストルームに逃げ込み、固く閉めたドアに背中を預ける。アシュリーにさよならを告げて、一年半ほど暮らしたこの部屋を、出て行こう。荷物を纏《まと》めて、なるべく早く。

「アッシュ……」

涙が止まるまで、冷たいドアに凭《もた》れているつもりが、膝から崩れ落ちて立っていられなかった。自分の嗚咽《おえつ》だけが響く暗い部屋で、恋を手放す覚悟をする。全てはアシュリーのためだ。自分は間違っていない、伯爵も間違っていない、そう信じて。

――アシュリーとの別れの時は、それからすぐに訪れた。ロンドン中が雪化粧をした、クリスマスを目前に控えた真冬の日。遥人は伯爵が用意してくれた車に乗って、セント・パウエル校に赴いた。厳重に守られた校内に通され、外部の人間が生徒と面会をするために設けられた一室で、遥人は一人、アシュリーを待った。

小さな椅子《いす》とテーブルしかないこの部屋にも、クリスマスツリーが飾られている。ゆっくりと点滅するツリーライトに、鈍い自分の鼓動を重ねていると、ドアの向こうからノックの音が聞こえた。

「——ハル、僕だよ。中にいるの？」

「アッシュ……。うん。入っておいで」

「ハル！」

蝶番《ちょうつがい》を軋《きし》ませながら放たれたドアと、目の前で翻《ひるがえ》る黒いガウンのシルエット。遥人が愛してやまない端整な顔を、くしゃくしゃにして、遠慮のない力で抱き締めてきた彼——。

ああ、好きだ。

自分以外を映さない、この碧い瞳が好きだ。

さよならを告げるために来たのに、好きで、好きで、彼の背中を抱き返してしまう。

「ハル、ハル…っ。嘘みたいだ。ハルがこの学校の中にいるなんて」

「アッシュ、潰《つぶ》れちゃうよ、少し、力を緩めて」

「嫌だ。——父様が、ここでハルが待っているって、連絡をくれた。ハルが僕に会いたがっているって。僕が家に帰らなかったから、寂しかった？　寂しくてたまらなくて、ここへ来てくれたの？」

「うん……、そうだよ、アッシュに会えなくて、寂しかった。君と飾ったリビングのツリーも、寂しそうにしているよ」

「ごめん。ごめんなさい、ハル。もうあなたを寂しがらせたりしないから」

許して、と掠《かす》れた声で続けたアシュリーのことが、いとおしくてたまらない。無意識に潤んでくる両目を瞬いて、遥人は溢れ出しそうな感情を抑え込んだ。

「アッシュ、クリスマス休暇は、家に帰ってくるね？　君のお父様とお母様、エイミーとスーザン、家族みんなで、一緒に過ごすね？」

「うん…っ。帰る。みんなのところに、帰る」

「絶対だよ、アッシュ。君を愛している家族に、心配をかけちゃいけない。——これからも、ずっとだよ」

「うん、ハル。違う…、分かりました遥人先生」

「いい返事ができた。褒《ほ》めてあげる、アッシュ」

彼の金色の髪を撫でる手が、震えないようにするのは難しかった。柔らかな髪の一本一本に触れたくて、何度も撫で続けた遥人を、アシュリーの熱く潤んだ瞳が見下ろしている。

「みんなのクリスマスプレゼントを、用意しなきゃ。今からでも、間に合うかな。ハルは何がいい？　何でも、僕に言って」

「アッシュ。君は、生まれながらの貴族、誰よりも恵まれた人だ。未来のアシュリー・ジェラルド伯爵、どうか僕に、約束をして。君の名前に恥じない、紳士になるって」

「ハル……？」

「君が立派な紳士になることが、家庭教師の僕の喜びだ。僕へのプレゼントは、それがいい」

「——分かった。ハル、約束する」

力強く頷くアシュリーに、彼の眩しい未来が透けて見えた。

今なら、さよならが言える。約束のプレゼントを手に、永遠の別れへ踏み出せる。

「僕はきっと、ハルにふさわしい紳士になる。だから、それまで、僕のことを待っていて」

「え……」

「僕にも約束をして。ハル。遥人。僕が立派な紳士になったら、恋人になってくれるって。僕はあなただけを愛している。何年経っても、この気持ちは変わらない」

誓うよ、と続けたアシュリーの囁きが、遥人の胸を揺さぶった。未来の彼のそばに、自分の居場所があってはいけない。でも、どうしようもなく湧き上がる恋心が、望んではいけないそれを望んでしまう。

「僕はまだ紳士じゃない。まだ子供の僕に、ハルを愛する資格がないなら、あなたが僕を、愛して」

「……アッシュ……」

「日本語を教えてくれたように、僕を導いてください、遥人先生。あなたは僕の、初恋の人。大切な、大切な、僕だけの宝物」

宝物——。漣《さざなみ》のような喜びに、遥人は溺《おぼ》れた。体温が溶けるほど近く、アシュリーと隙間《すきま》なく寄り添い合いながら、遥人はやっと気付いた。

どちらがより強く、切実に愛を欲しているか。心から愛を乞いたかったのは、大人の顔をしてアシュリーを拒んでいた、遥人の方だった。

「アッシュ」

二度とない、この瞬間だけ許してほしい。一度だけでいい、自分の気持ちに正直になることを、どうか許して。

「アッシュ、君も、僕の、宝物だよ」

「ハル、嬉しい――」

「よく見ておいて。今、君の目に映っている僕が、本当の僕だ。君を愛している、アッシュ」

「ハル……っ」

「誰よりも、君のことが好きだ。アシュリー・ジェラルド、いとおしい、マイロード」

自分の声が、嵐のようなキスに奪い去られて、跡形もなく消えた。

記憶に残っているのは、息もできないくらいの抱擁と、アシュリーの柔らかくも熱い唇。

そしてもう一つ――。

「ハル、僕はハルの、恋人になれたんだね。あなたのことを、絶対に離さないから。僕のそばに、ずっといて」

キスを解き、真っ赤な頬をして言ったアシュリーの言葉が、遥人の耳にいつまでも響いていた。不誠実だと恨まれても、一度だけと決めた恋の告白を、けして繰り返さない。アシュリーを傷付けることを承知の上で、遥人はその日、日本行きの飛行機に乗った。

数日後、クリスマスの礼拝を終えて、タウンハウスへ戻ったアシュリーを、遥人が出迎えることはなかった。英国から遠く離れた、日本の空の下で、遥人は彼を忘れるために、剣道に没頭していた。

遥人の荷物だけが消えたゲストルームを見て、アシュリーがどう思ったのかは分からない。知っているはずの遥人の携帯電話にも、東京の自宅の電話にも、彼から一度も連絡はこなかった。

アシュリーは、きっと自分のことを嫌っただろう。別れの日のたった一度のキスも、恋の告白も、全部偽りだと思ったはずだ。

「僕は、アッシュに恨まれて当然のことをした。二度と君の前に現れないから、僕のことは忘れてほしい。君には、君が生きていくのにふさわしい世界がある」

日本の大学を卒業した遥人は、教員免許を取って、高校の国語の教師になった。遥人が採用された藤ヶ丘星凌学園が、アシュリーの通っていたセント・パウエル校の姉妹校だったのは偶然だ。でも、どこかで彼と繋《つな》がっていたい気持ちが、七年後の遥人の運命を狂わせたのかもしれない——。

理事長の執務室に、二人分の密《ひそ》やかな息遣いが響いている。運命のいたずらに翻弄《ほんろう》された遥人は、望まない再会に冷たい汗を滲《にじ》ませて、眼前に立っているアシュリーを見つめていた。

「遥人先生、率直な感想を聞かせてください。七年前、家庭教師のあなたの教え子だった私は、約束通り紳士になれましたか？」

両腕を軽く開いて、自分の姿を誇示するように、アシュリーは胸を張った。

——彼に、二度と会ってはならない。そう誓っていたはずだった。それなのに、アシュリーを前にすると、昔と同じように胸が騒ぐ。いや、あの頃よりもずっと明確に、ずっと速いリズムで、遥人の心臓は鼓動を刻んでいる。

十五歳までのアシュリーしか知らない遥人の瞳に、七年経った二十二歳の彼は、ひどく眩しく映った。三つ揃いのスーツのよく似合う、逞《たくま》しい体軀《たいく》。見上げるほど高い背丈と、長い手足。デスクの傍らの椅子の背凭れに、そっと手を置いた仕草さえ、優美さと気品に満ち溢れている。

思わず見惚《みと》れてしまいそうになる瞳を、遥人は伏せた。アシュリーの前から逃げ出した人間に、この再会は酷過《ひどす》ぎる。

「ご立派に、なられましたね」

声が引き攣《つ》っているのが、自分で分かった。動揺を悟られないために、遥人は教室で授業をする時のような、ポーカーフェイスの笑みを作った。

「君が――いえ、あなたが、この学校の理事長をされていたとは。驚きました」

「少し前に就任したばかりなんだ。病気療養中の前理事長から委任を受けて、私がセント・パウエル校の伝統を担うことになった」

「そうですか。あなたが理事長だと事前に知っていたら、僕はここには来ませんでした。今回の交換派遣の話は断っていたはずです」

日本を発《た》つ前は、仕事の引き継ぎや、藤ヶ丘星稜学園の生徒たちとの別れの行事などで忙しく、遥人はセント・パウエル校の理事長が交代していたことを知らなかった。

自分から嘘をついて、置き去りにした相手に、いったいどんな言葉をかければいいのだろう。拒絶することしか思いつかない遥人へ、少年らしさの残っていない、大人の顔立ちになったアシュリーが、くす、と笑みを浮かべる。

「遥人先生。あなたが英国を去ってから、私はずっと、この日を待っていた。私がここにいる理由を、前理事長の委任だと言ったのは、真実ではない」

「……え……？」

「あなたの雇い主になりたくて、私は理事長の椅子を買った。サミュエル校長に進言して、日本文学の講座を新設させたのも、担当教員にあなたを推薦したのも、全て私の力だ」

「どういうことです。この学校では、教員を厳正な審査で選ぶと聞いています。僕は不正な方法でここへ招聘されたというんですか」

「不本意だったかい？」

「ええ、不本意です。僕はその経緯をまったく知りませんでした。日本の優れた文学を英国の学生に紹介できる機会だと思ったのに――。不正は教育者として許されない行為です。残念ですが、今回の赴任を取り消してください」

「却下する。一年間の交換派遣中、あなたが退職を希望すれば、藤ヶ丘星凌学園に置くあなたの籍も抹消される契約だ」

「そんな馬鹿な――」

「契約書をチェックしていないのか？　今度はもう、勝手に日本に帰国することはできないよ、遥人先生」

「いったい、何を考えているんですか。どうしてあなたが理事長になってまで、こんなことを。それも、理事長の椅子を買ったって……っ、何故」

「多少強引な真似《まね》をしたことは反省している。だが、私はあなたのこと以外は、何も考えていない」

「アシュリー理事長」

「――昔と変わらないね。まっすぐに私を見つめる黒い瞳も、黒い髪も。私が初めて恋をした、あの頃のままだ、ハル」

七年前と同じ呼び名が、遥人の耳を覆い尽くした。

ハル。夢を見るような、うっとりとした口調で呼びながら、アシュリーがデスクのこちら側へと歩いてくる。遥人は本能的な恐れを感じて、後ずさった。

「あなたを抱き締めさせてほしい。再会の抱擁を、たった今まで我慢した私を褒めて」

「来ないで、ください。……アッシュ、来るな」

「ハル。嬉しいよ。やっと私を、懐かしい愛称で呼んでくれた」

「アッシュ――」

「ああ、やっぱりそう呼ばれる方がいい。あなたが私を理事長と呼ぶのも、私があなたを先生と呼ぶのも、もどかしくてたまらなかったんだ」

彼の長身のシルエットが迫ってきて、遥人は正気ではいられなかった。七年も前の初恋を、二十二歳の大人になったアシュリーが、今も抱き続けているとはとうてい思えない。たった一度きりのキスを受け入れて、その後すぐに日本に帰国した遥人のことを、彼は憎い裏切り者だと思っているだろう。

「ハル」

びくん、と遥人は肩を震わせた。いつの間にか、遥人は執務室の壁際へと追い詰められて、背中をそこにつけていた。

「逃げるな。あなたに私を拒む権利はない」

「アッシュ……」

「ずっと待っていたと言っただろう。私はもう一度、あなたに会いたかった」

アシュリーに再会した瞬間から、恨み言の一つくらい、ぶつけられる覚悟はしている。でも、遥人のその覚悟を砕くように、彼は低く重たい声で告げた。

「七年前のキスの続きをしたい。そして今度こそ、ハルを離さない」

顔のすぐそばに両手をつかれて、逃げることができなかった。はっ、と気付いたその時にはもう、息ができなくなっていた。

「んん……っ」

唇に触れてきた熱の塊《かたまり》に、くぐもった声を上げながら、きつく眉根《まゆね》を寄せる。二本の腕の間に閉じ込められ、頭の中を真っ白にさせられて、まともに立っていられない。

「……んう……っ、ん……っ、嫌…っ、や、んぐっ、んっ、……ふ……」

唇を抉《こ》じ開《あ》けようとする舌先が、暴力的で仕方なかった。触れるだけで精一杯だった、彼の少年の頃のキスとは違う。遥人を征服し、強引に自分だけのものにする大人のキス。

復讐《ふくしゅう》のつもりなら、もっと他に方法があるはずだ。こんなこと、二度としてはいけないのに。アシュリーの舌先に打ち負かされて、遥人の唇が、戦慄《わなな》きとともに解けてしまう。

「は…っ、ん、……んく、んん——」

ハル。ハル。舌に掻き混ぜられた吐息ごと、アシュリーの声が遥人の口腔《こうこう》を満たした。力を失った両手で、彼の体を押し戻そうとしても、抱き締めてくる腕を振り解けない。

七年の空白を埋めるキスに、遥人は意識を遠のかせながら、あの頃と何一つ変わらない唇の熱に、全身をただ震わせていた。

2

『七年前のキスの続きをしたい。そして今度こそ、ハルを離さない』

耳の奥で、低い声が何度も同じ言葉を囁いている。音叉《おんさ》のようにその声は鼓膜を震わせ、遥人の頭の中にまで侵食してくる。

「は…っ！　――はぁ…っ、は……」

体じゅうに冷たい汗をかいて、遥人は飛び起きた。眠りの底から無理矢理覚醒させられた視界は、真新しい寝具と、見慣れない部屋の風景を映している。

「……あ……」

ゆっくりとクリアになっていく意識が、ここが英国にある、セント・パウエル校の教員宿舎だということを思い出させた。名門パブリック・スクールの敷地の中にある建物で、主に赴任したばかりの教員や、独身の若い教員たちが生活をする場所だ。

昨日、その一室を与えられて荷物を運び込んだことを、ぼんやりと思い起こしながら、遥人は額《ひたい》に浮かんでいた汗を拭《ぬぐ》った。

（変な夢ばかり見て、よく眠れなかった。昨日、彼と再会したことも、夢だったらいいのに）

手の甲で触れた唇に、まだ昨日のキスの熱が残っている。炎に炙《あぶ》られた訳でもないのに、皮膚の奥深くを侵す、低温火傷《やけど》のようなそれ。遥人はパジャマにしている長袖のTシャツの袖で、ごしごしと唇を擦り直した。

（アッシュ……。再会を喜べない僕のことを、君は恨んでいるのか）

理事長の執務室で激しいキスを受けた後、どうやってアシュリーから逃げたのか、乏しい記憶しかない。まだうろ覚えの本校舎の廊下を走り、まるで神の力に縋《すが》るようにして、礼拝堂の中へ駆け込んだ。

七年前に禁忌の罪を犯しておいて、安心できるのがその場所しか思いつかなかった遥人は、背徳者に違いなかった。敬虔《けいけん》な生徒たちや聖職者が集う、礼拝の時間でなくてよかったと心から思う。

——あれは、留学した最初の年のクリスマスだった。この学校の礼拝に参加したことがある。当時聖歌隊に入っていたアシュリーにねだられて、彼の歌を聴きに来たのだ。

清らかな彼の歌声は、十数人いた聖歌隊の誰の声よりも、鮮やかに遥人の耳に響いた。ひときわ美しかった彼の独唱は、胸に十字を切ったことのなかった遥人が、思わずそれをしたくなったくらい、礼拝堂の聖夜を感動に包んでいた。

（アッシュ。君は分かっているのか？　君の昨日のキスは、僕たちの綺麗な思い出まで汚してしまったんだよ）

は…、と溜息をつきながら、遥人はベッドを下りて、気分を変えるために部屋のカーテンを開けた。季節の花と木々の葉が茂る、手入れの行き届いた庭が、遥人の眼下に広がっている。

セント・パウエル校の最高の環境は、生徒が暮らす快適な寮だけでなく、この教員宿舎にも反映されていた。

「――そろそろ、着替えをしないと。最初の研修に遅刻をする訳にはいかない」

この学校へ来て早々、遥人は一週間ほどの新任研修を受けることになった。カリキュラムの組み立て方や、日本とは違う授業の進め方などを、先輩の教員からレクチャーしてもらうのだ。

いつまでもアシュリーのことばかり考えていないで、頭を切り替えなければいけない。教育者なら一度は憧れるこのセント・パウエル校で、教師をすることになったのだから。でも、理事長のアシュリーの力で赴任が決まったことが、遥人は昨日からずっと気になっていた。

（まさか、アッシュが自分の権限を振り翳《かざ》すような真似をするとは思わなかった。僕をここへ赴任させるために、彼が理事長の地位を買ったというのは、本当だろうか）

少なくとも七年前のアシュリーは、たおやかに育った貴族の少年で、他人を押しのけてまで自分の思い通りにしたり、不正行為をするような人ではなかった。彼が年齢を重ねるとともに、世俗の澱《おり》に塗《まみ》れて、性格が変わってしまったのならとても痛ましい。

（それも僕のせいなのか。七年前に、僕が彼を悲しませて、ひどく傷付けたから。……面と向かって罵倒《ばとう》されても仕方なかった。暴力的だったあのキスは、アッシュが今も僕を強く恨んでいるからだろう。彼にあんなことをさせたのは、やっぱり、僕のせいなんだ）

教え子が道を踏み外してしまったら、正しい道に戻れるように導くのが、一流の教育者だ。アシュリーとの再会をただ後悔しているだけでは、彼も自分も、過去から前に進めない。手ひどく傷付けた教え子に、もう一度正面から向き合うことが、教育者である自分の贖罪《しょくざい》なんだと、遥人は思った。

「皮肉だな。この国に留学して、もしアッシュの家庭教師をしていなかったら、本物の教育者になろうとは思わなかったかもしれないのに」

そう一人ごちると、寝不足の重たい体を動かして、遥人はTシャツを脱いだ。朝のひんやりとした空気を肌に浴びながら、教員用に指定されたシャツとスーツに着替える。この学校では生徒たちの制服だけでなく、教員も服装があらかじめ決められている。ジャケットの上から、濃いグレーのガウンを羽織るのが正装だが、赴任したばかりの遥人には、その教員用のガウンはまだ支給されていなかった。

（他の先生たちのように、早く着たいな）

まだ引っ越しの荷解きが済んでいない段ボールの中から、研修に使う筆記具やノートを取り出して、鞄《かばん》に収める。部屋の片隅に置いた姿見の前で髪を整えていると、ドアチャイムが鳴った。

『ミスター・サガラ、お届け物です。サインをお願いします』

「あ、はいっ」

まだ家族にしか宿舎の住所を知らせていないのに、誰だろう。

遥人はペンを手にすると、急いでドアを開けた。この宿舎にはメールサービスの職員がいて、郵便や小包を部屋まで届けてくれる。

「おはようございます、ミスター。セント・パウエル農園名物、ジャパニーズ・アネモネの鉢植えをお届けしました」

「これは、いったい」

「この学校で育てている花です。理事長からあなたに、プレゼントしたいと」

「え……っ」

「カードも一緒にお預かりしています。受け取りのサインをお願いしますね」

「あ、う、うん。ありがとう、ご苦労様でした」

ほとんど字が判別できないような、走り書きのサインをして、遥人は鉢植えを受け取った。

ドアを固く閉めてから、二つ折りのシンプルなカードを開いてみる。小さな鉢の上で揺れる、白い可憐《かれん》なその花は、遥人にとって懐かしい花だ。

『――ハルへ。あなたが好きだった花だ。この花を見るたび、私はあなたを想っていたよ』

アシュリーの手書きのメッセージを見るなり、遥人は混乱した。自分から強引にキスを奪っておいて、花を届けるなんておかしい。

「いったい何のつもりだ、アッシュ。こんなものを送りつけてきて……っ。僕のことを恨んでいるんじゃないのか？」

あれが好意のキスだったと思えるほど、遥人は愚かでも単純でもない。はっきり悪意だと言ってくれた方が、よっぽど納得できる。

昨日のキスと、今日の花のプレゼントは、とてもちぐはぐだ。アシュリーが何をしたいのか、彼の意図がよく分からない。

困惑したまま、カードと花を交互に見つめた遥人の鼻先を、微かな香りが掠めていく。その瞬間、遥人の頭の中に、ある光景が思い浮かんだ。留学をしていた頃のホストファミリーだった、アシュリーの父親のジェラルド伯爵が所有する、ロンドン郊外のカントリーハウスの光景だ。

夏の終わりから晩秋にかけて、あの館の庭園には、白とピンクのジャパニーズ・アネモネが咲き誇る。美しい庭の景色を、遥人はアシュリーとよくスケッチした。彼の妹たちが飼い犬のレトリバーと遊ぶ中を、二人で芝生の上に並んで座って、時間を忘れて色鉛筆や絵筆を走らせたのだ。

「……僕がこの花を好きだったこと、君は覚えていたんだね」

夢のような思い出ばかりが詰まった、彼の館での日々。でも、大切だったその思い出を、昨日のキスが色褪《いろあ》せさせる。もう一度カードの文面を見て、遥人は小さな溜息をついた。

アシュリーの心の中は読めなくても、花に罪はない。まだ三分咲きの、蕾《つぼみ》がたくさんついたその鉢植えを枯らしてしまわないように、遥人は部屋の隅のキッチンへ水を汲《く》みに行った。


「みんな、静かに。我々セント・パウエル校の学徒を導く、新たな師を紹介する。東京の姉妹校からいらしたミスター・サガラだ」

先日校舎の中を案内してくれた、生徒総長のルカの紹介を受けて、遥人は、こほんと咳払《せきばら》いした。一週間の新任研修を済ませて、今日から遥人の講座が始まる。

画一的な机と椅子がずらりと並ぶ、日本の学校の教室とはまるで違う、たった十脚のゆったりとしたソファ。まるでプライベートの書斎のような、黒板さえもない寛いだ空間に、遥人の講座を受講する生徒たちが佇んでいる。遥人は一度深呼吸をして、これから一年間教え子になる彼らを見渡した。

「はじめまして。相良遥人です。この講座では、千年以上昔の詩歌によって萌芽《ほうが》した、日本の豊かな文章表現を、豊富な文学作品を通して学びます。古典から現在書店に並んでいるベストセラー小説まで、日本語の変化とともに考察していきましょう」

よどみない遥人の英語を聞いて、生徒の何人かが、意外そうに顔を見合わせている。手元にある学校側から提供された資料では、この最上級生のクラスのうち、七人がヨーロッパ各国の貴族階級、二人がアジアの財閥の子息、一人が英国政府の大臣の子息とあった。

遥人が留学していた頃に培《つちか》ったクイーンズイングリッシュは、それを日常会話にしている彼らにも立派に通用するらしい。遥人は心の中でほっとしてから、今度は日本語で言った。

「みなさんには講座の性質上、日本語を第二選択言語で履修することを推奨しますが、今僕が話している内容が理解できない人はいますか？」

試しに挙手を求めると、手を挙げる生徒は誰もいなかった。元々、日本文学に興味があってこの講座を選択した生徒たちだ。基本的な言語能力と、コミュニケーション能力は備えていると解釈して、遥人はにこりと微笑んだ。

「問題ないようなので、この講座では、なるべく日本語を使って会話をするようにしましょう。今日は初回ですから、自己紹介代わりに、日本文学に限らずみなさんの好きな作品や、作家について尋ねます。ちなみに僕の愛読書は、この宮沢賢治《みやざわけんじ》の詩集『春と修羅』です」

宿舎から持参してきた、古ぼけた文庫本を見せると、生徒の一人が賛同してくれた。遥人の目の前のソファに座っているルカだ。

「私もその詩集の英訳本を持っています。『春と修羅』を上梓《じょうし》した当時、ミヤザワを評価する者はまだ少なかったそうですね」

「はい。彼の評価は没後、詩人草野心平《くさのしんぺい》などの尽力によって高まりました」

「シンペイ・クサノ。雑誌『銅鑼《どら》』を創刊し、ミヤザワの作品を紹介した人物ですか」

「その通りです。ルカ君はとても宮沢賢治に詳しいですね」

「好きな作家は、そのバックグラウンドも調べてみたくなりますから」

「――ミスター・サガラ、ルカにミヤザワを語らせると長いですよ。先に僕たちの自己紹介を進めてもいいですか？」

ルカの隣のソファに座っていた生徒が、理知的な細身の眼鏡《めがね》に、すっと指を添えながらそう言った。ルカをからかうような物言いから、その二人が友人の関係だと分かる。

「ええ。では、今発言をしてくれた君。寮長の君から順に、自己紹介をお願いします」

「ミスター・サガラ」

「遥人と、ファーストネームで呼んでもらってかまいませんよ。日本では名前の下に『先生』という呼称をつけるのが一般的ですが」

「それでは、遥人先生とお呼びします。どうして初対面の僕を、寮長だと？」

「君が締めている臙脂《えんじ》色のネクタイは、英国の歴代首相の多くを輩出した、この学校のキングスブレス寮のハウスカラーです。なおかつ、全部で七つある寮の寮長しか着ることができない、クリーム色のブレザーを着ている。つまり君は、誉れ高いキングスブレス寮の寮長、ということになりますね」

「正解です。遥人先生、素晴らしい」

おお、と生徒たちが感心したような声を上げて、拍手をしてくれた。遥人は照れて頭を掻いた。

各寮によって決められているハウスカラーや、ブレザーのしきたり、それらを遥人に教えてくれたのは、アシュリーだった。臙脂色のネクタイを締めていた彼もまた、エリート中のエリートが暮らすキングスブレス寮の一員だったことを思い出す。『王』の名を冠するものは、この学校でもステイタスの高い、別格の扱いなのだ。

「僕はレオハルト・ドミニク。レオと呼んでください」

「ありがとう、レオ寮長。君の愛読書は？」

「毎晩眠る前のひとときに、『指輪物語』は欠かせません」

英国生まれの、その壮大なファンタジー作品に、遥人も親しんだことがある。映画化されて世界中で大ヒットをした。

「鬼の寮長が『指輪物語』だって？　案外かわいいものを読んでいるんだな」

レオの斜め後ろのソファから、体格のいい精悍《せいかん》な顔立ちの生徒が茶々を入れる。彼も臙脂色のネクタイを締めていて、眼鏡をかけた物静かそうなレオとは好対照だ。

「誰が鬼だ、失礼な。『指輪物語』を子供向けのファンタジーだと思っているのなら大間違いだ。遥人先生、この口の悪い生徒の自己紹介は、省略してくれて結構ですよ」

「失礼はお前だろうが。先生、俺はフランツ・オズワルド。愛読書は日本のスポーツ漫画で、学内のフットボールチームのキャプテンをしている。今度試合に招待するよ。よろしく」

「よろしく。フランツ君の日本語は、発音がとても綺麗ですね」

「ああ、祖母がそちらの人だから、日本語の会話に困ったことはない。箸《はし》は俺には高度過ぎて、苦手だけどね」

「そうそう、フランツはカフェテリアのスシを手摑《てづか》みで食べてるものね。野獣のようにむしゃむしゃと」

「ここの生徒の品位を落とすから、あれはやめてほしいんだけどなあ」

「馬鹿ども、スシは手で食べるのが正しい作法だと、何度言ったら分かるんだ。そうだろう？遥人先生」

「粋《いき》な作法ではあるけど、上手に食べるのは結構難しいですよ。それじゃあ、次の自己紹介は、君たちにお願いします。もしかして、双子かな？」

イエス、と、フランツに遠慮のない物言いをしていた二人が、そっくりな顔で声を揃えた。

最上級生にしては彼らが小柄で童顔に見えるのは、きっと遥人と同じアジア人だからだろう。

「僕はエリック・チャン、こっちは弟のアンディ・チャン。二人とも、H・ムラカミのファンなんだ」

「寮は先生の宿舎に近い、サウザンライツ寮だよ。僕たちの寮はサロンをいつも開放していするから、遊びに来て。おいしい中国茶をごちそうするよ」

「ありがとう。歓迎してもらえて、とても嬉しいです」

生徒たちの和《なご》やかな笑顔が、緊張していた遥人には嬉しかった。レベルの高い教育を提供するこの学校では、教員も厳しい目で評価される。実力不足で、生徒から悪評をもらったりすると、査定に直結してしまうのだ。

(とりあえずこのクラスは、生徒たちの雰囲気がとてもいい。エリート意識の高い学校だから、風当りが強いかと心配していたけど、杞憂《きゆう》だったみたいだ)

セント・パウエル校は、優秀なOBが教職員の大半を占めている。OBではない上に、日本の高校で教員をしていた遥人が、この学校で信頼を得るのは簡単なことではない。

このクラス以外にも、遥人は日本語の科目を含めて、一週間に十クラスほどの生徒を受け持つことになっている。少人数の生徒が自由に発言するディスカッション形式の授業は、教員がテキストに沿ってほぼ一方的に教える日本の授業とは、勝手が違う。まずは生徒と信頼関係を築くのが、この学校で教員として認められることへの第一歩だ。

第一回目の授業は、時折談笑をしながら、生徒たちと打ち解けた雰囲気で進めることができた。一時間ほどの授業を終えて、休憩を取りに教職員用のカフェに向かう。賑《にぎ》やかな廊下には、臙脂色や深緑色、水色など、所属している寮のハウスカラーのネクタイを締めた生徒たちが行き交っていた。

（さすがに、黒いガウン姿を見たのは、今のところルカ君だけだな。寮長のレオ君も、十分すごいけれど）

生徒総長、各寮の寮長、成績優秀者など、セント・パウエル校の上位の地位に属する一握りの生徒のことを、プリフェクトと呼ぶ。彼らは絶大な人気と強い権力を持ち、時には教員たちと対等な議論を交わして、学校運営に直接関《かか》わることもあるらしい。自主独立を校是に掲げているセント・パウエル校らしい制度だ。

（本当にここは、日本の学校と違う。真のエリートが集まった場所なんだ）

擦《す》れ違う生徒の誰もが、その別世界の住人に見えて、遥人は気後れした。すると、一人で廊下を歩いていた遥人の肩に、どん、と何かがぶつかった。

「痛…っ」

「失礼。急いでいたので」

後ろから追い越していった数人の生徒が、ちらりと遥人の方を振り返る。迷惑そうに二の腕を摩《さす》っている一人が、小さく舌打ちをした。

「——邪魔なんだよ。黒猫」

え、と遥人が息を呑《の》む間に、生徒たちは去っていく。彼らのくすくす笑う声が耳に残って、遥人はそこから動けなくなった。

「黒猫って、確か……」

この学校の独特の隠語で、『猫』は役立たずを意味する侮蔑《ぶべつ》的な表現だ。黒髪に黒い瞳の遥人を揶揄《やゆ》して、『黒猫』と言ったのだろう。新参者の教員に対しては、きっとよくある嫌がらせだ。遥人の胸の奥に、諦《あきら》め半分の悲しい気持ちが湧いてくる。

「あの言葉の意味を、こっちが分からないと思ったのかな。彼のような生徒も、一定数いるということか」

自分が受け持つ講座には、差別意識を持つ生徒がいないと信じたい。人気の少なくなった廊下で、ぼんやりと床に視線を落としていると、遥人のすぐそばで革靴の足音がした。

「先程の生徒の非礼を詫《わ》びる。すまない。ハル」

はっとして、遥人は顔を上げた。流暢な日本語と、ハルという呼び名。できることなら会いたくなかった人が、遥人のことを見つめている。

「……アシュリー理事長……」

「私はアッシュだよ、ハル」

「やめてください。理事長を愛称で呼ぶなんて、生徒たちが聞いたら変に思われます」

「——頑なだな。その様子だと、花のプレゼントも喜んでもらえなかったようだね」

一週間前に、突然アシュリーから贈られたジャパニーズ・アネモネは、枯れもせずに宿舎の遥人の部屋で花を咲かせている。たくさんあった蕾が、毎日のように次々開いていくから、水やりが欠かせなかった。

「あまり僕を困らせないでください。……あの花のことは、ありがとうございました。とても綺麗で、そして懐かしかった」

「すぐにあなたから、お礼のカードが届くと思っていたんだが、まあいい。初回の講座がうまくいったかどうか気になって、あなたの様子を見に来たんだ」

「理事長直々《じきじき》にご心配いただかなくても、滞《とどこお》りなく講座をスタートできました。生徒たちも楽しかったと言ってくれましたし、初回としては満足のいく内容だったと思います」

敬語を崩さずに、淡々と事実だけを話す。再会して間もないアシュリーに、どんな態度を取ればいいのか分からない。彼の顔を見ていると、この間の乱暴なキスを思い出して、まともに目を合わせられなかった。

「ハル、私に硬い敬語は必要ない。まるで言葉で武装をしているように聞こえて不快だ。七年前のあなたの日本語は、もっと穏やかで優しかったはずだよ」

「七年も経てば、人は変わります。あなたの方こそ、以前はもっと……」

「もっと？」

「――いえ、昔話をしている暇はありませんので。次の講座の準備がありますす。失礼いたします」

隙のないお辞儀をして、遥人は踵を返した。アシュリーがあんなキスをしなければ、もっと大人な態度を取れたかもしれないのに。

こちらの気持ちも知らないで、まるでキスを忘れたように、平然と声をかけてきたアシュリーは卑怯《ひきょう》だ。無意識に震えてくる唇を、手の甲で隠して、遥人は彼の前から立ち去ろうとした。

「ハル。遥人先生」

「…………」

「ミスター・サガラ。待ちなさい」

「……っ」

理事長らしい、厳格な声で呼ばれて、遥人は後ろを振り返った。美しい金色の髪を掻き上げながら、アシュリーが睫毛の豊かな瞼《まぶた》を伏せる。

「私はあなたに、余計なことを教えたことを反省している」

「え……？　余計なことって、何ですか」

「先程の生徒の件だ。『猫』の隠語を知らなければ、あなたは嫌な思いをせずに済んだだろう。得意げな顔をして、あなたにあの言葉を教えたのは、少年の頃の私だ。浅はかなことをした」

右手を自分の心臓の上にそっと置き、彼は誠意を示す素振りを見せながら、そう言った。

確かに、アシュリーがこの学校の生徒だった頃、遥人は彼からたくさんの隠語を教えられた。セント・パウエル校に通う者のたしなみだと言って、彼は使ってはいけない隠語の一つに、『猫』を挙げたのだ。

「校内での無礼な振る舞いに、適切な対処をするのも理事長の職務だ。彼には後で、私の執務室へ来てもらおう」

「僕を『黒猫』と言った生徒は、深い悪意はないでしょう。あの程度の嫌がらせでは傷付きません」

「勘違いをしないでほしい。あなたを傷付けていいのは、私だけだ。礼を失したあの生徒は、罰せられて当然なんだよ」

「な…っ、何を言っているんですか。こんな些細《ささい》なことで、罰なんて」

「私にとっては重大なことだ。——私以外、誰もあなたに手出しさせたくない」

ふ、と小さく浮かべたアシュリーの笑みに、冷たいものが混じっている。本気で生徒に罰を与えようとしている彼に、遥人はもどかしく首を振った。

「あなたも教育者の一員のはずです。ご自分の間違った感情を、生徒にぶつけて正当化するのはやめてください」

「間違った感情？　七年前に抱いたあなたへの気持ちに、偽りはない」

「り…理事長、そういうお話でしたら、僕は失礼させていただきます」

「ハル、目を逸らすな。何故私から逃げようとするんだ」

「僕は逃げてなんか——。あなたが、人が変わったように僕に接するから、戸惑っているだけです」

「私は何も変わっていないよ。あなたを自分のものにしたいのも、キスをしたのも、子供の頃と同じじゃないか」

「し…っ！　声が大きい」

遥人は咄嗟《とっさ》に、唇の前に人差し指を立てた。廊下の左右に誰もいないことを確かめてから、近くの空《あ》いている教室へと、アシュリーを自分ごと押し込む。

「発言に気を付けてください！　生徒や他の教員が聞いていたらどうするんですか」

「ハル――。あなたに叱られるのは、久しぶりだな。まるであの頃に戻ったようだ」

遥人の顔の間近で、アシュリーが碧い瞳を瞬かせている。その瞳が意味ありげに輝いた気がして、遥人は怖くて、彼の服を摑んでいた手を離した。

「失礼な物言いをしてすみませんでした。あなたが不用意なことを言ったから。今後は注意してください」

「ハル、もっと叱ってくれないか。家庭教師だったあなたに叱られることが、子供の頃の私の一番の幸福だったことを、あなたは知らないだろう。ハルが私を裏切るまで、私はあの幸福が、永遠に続くと思っていた。私はあなたに、そう信じ込まされていたんだ」

憎しみなのか、恨みなのか、熱を帯びたようなアシュリーの言葉と眼差しに、遥人は惑った。二人きりの教室に、どくん、と遥人の心臓の音が響く。

「あの頃、私の世界には、ハルしかいなかった。私を夢中にさせたあなたは罪深い」

「……理事長。もう、やめてくれませんか」

これ以上アシュリーと一緒にいたら、余計なことまで口走ってしまいそうだった。七年前、遥人の世界も、彼に占められていた。アシュリーに抱いた想いは、遥人だけの秘密だ。十五歳の少年と二十歳の大人の、一過性の想いに未来なんてない。それが予想できたから、遥人はあの時アシュリーを置き去りにして、日本へ帰ったのだ。

(僕を好きだと言ってくれた、七年前の君は、もういない。裏切り者の僕の前にいるのは、憎しみで凝《こ》り固まった、僕の知っているアッシュとは別人なんだ)

アシュリーとの再会を喜べなかったのは、この現実を見たくなかったからかもしれない。自分がしたことの結果を知るのが、怖かったからかもしれない。

「――先に教え子の立場を逸脱したのは、あなたの方だ。僕はあなたの家庭教師でかまわなかった。あなたとあなたの妹たちに日本語を教える、ただの先生でよかったのに」

突き放すようにそう言って、遥人は教室を出ようとした。アシュリーの力強い手に、後ろから肩を摑まれて、どくん、とまた鼓動が跳ねる。

「ハル。私が逸脱しなければ、今も私たちは、先生と教え子でいられたのか?」

「……それは……」

「十五の時に、あなたに初恋を告げたことを、私は恥じていない。私はあなたのような嘘つきじゃない」

嘘つき——。遥人の胸に、その一言が刃《やいば》のように突き刺さった。

肩を掴んだままのアシュリーの手が、震えて動けない遥人を引き寄せ、広い胸に凭れさせる。触れ合った体温が眩暈を呼んで、教室の風景を映した視界がぶれた。後ろから遥人を抱き締めて、低い声でアシュリーが囁く。

「あの時の嘘を償ってもらう。今度こそ、拒まないで」

つ、と彼の唇が、遥人の細いうなじに落ちた。触れるか触れないかの、紙一重のキスが、ゆっくりと耳の方へと這《は》い登ってくる。

「やめ…っ」

「いい匂いだ。ハルの匂いは、紳士になることを約束した私を誘惑し、掻き乱す」

「ふ…ふざけているんですか。あなたの言っていることが、分からない」

「ハル、私はもう、子供ではないんだ。私はあなたを奪うことができる。あなたの意思を無視して、今すぐここで私のものにしてしまえる」

傲慢《ごうまん》な、それでいて色香を纏った声とともに、くち、と耳の裏側で濡れた音がした。温かいその感触が、アシュリーの舌だと気付いて、遥人は総毛立った。

「やめてください、理事長」

「違う」

耳朶《みみたぶ》に、小さな痛みが走る。罰を与えるように歯を立てながら、アシュリーは遥人の上着の中へと手を忍ばせてきた。

「アシュリー、お願いです、こんなことといけない。これ以上はやめて……っ」

「それも違う、ハル」

「ああ……っ」

耳朶に立てられた歯が、いつの間にか唇へと変わっていた。胸元を這い回ったアシュリーの手が、ネクタイを解こうとしている。気が遠くなりかけたその時、耳朶を甘く噛まれて、遥人の頑なな心は崩れた。

「──アッシュ、離して、アッシュ、アッシュ……！」

消え入るような声で、かつていとおしんだその呼び名を繰り返す。離してほしい一心の遥人を、アシュリーは鼻先で笑って、そして命令を下した。

「ハル、これからは、二人きりの時は昔のように、アッシュと呼ぶんだ。いいね？」

「アッシュ──」

「そうだ。私を紳士でいさせたかったら、言う通りにしなさい」

「分か、った、から、離してください。アッシュ、君の言うことを聞くから、学校の中で、こんなことをしないで」

「それはあなた次第だ。あなたが少しでも逆らったら、二度と途中で止《や》めたりしない。よく覚えておくといい」

遥人の上着のポケットに、す、と何かを滑り込ませて、アシュリーは腕を解いた。

「次に会う時は、食事にでも誘うよ。あなたからキャンセルはできないから、そのつもりで」

脅迫と変わらないキスを、遥人のこめかみに小さく落として、彼は教室を出ていく。

一人残った遥人は、呆然《ぼうぜん》とポケットの中を探って、アシュリーが残したものを手に取った。

「……携帯電話だ」

番号が一つだけ、登録してある。それはアシュリーの連絡先に違いない。見えない荊《いばら》の鎖に繋がれて、遥人の心臓が、どくん、どくん、と不規則な鼓動を刻んでいる。どうすればその鎖を断ち切れるのか分からなくて、遥人は携帯電話を見つめたまま、しばらくそこに立ち尽くした。

3

遥人がセント・パウエル校に赴任してから、一見平穏な日々が三週間ほど過ぎた。少しずつ学校の空気に慣れてきて、校内にそれとなく飾られた博物館級の芸術品や、英国のロイヤルファミリーがカフェテラスで普通に生徒たちと歓談している姿を見ても、だいぶ驚かなくなった。

自分が受け持っている講座と、その準備、教員の会合などをこなしているうちに、毎日が矢のように過ぎていく。忙しい日々の中で、アシュリーのことだけが、遥人の心に影を落としていた。

校舎で会ったきり、アシュリーとはあれから一度も会っていない。彼に渡された携帯電話も、鳴らないいままだ。

彼も理事長として、多忙な日々を過ごしているのだろう。彼からメールさえ来ないことに、遥人は少し、安堵《あんど》した。

アシュリーとはできるだけ距離を置いておく方がいい。この間のように、校内で抱き寄せられたりしたら、冷静でいられる自信がない。アシュリーの傲慢な態度に、必死に自分を保とうとしている遥人は、大人の分別を楯《たて》に彼を拒んだ、七年前と何一つ変わっていなかった。

（僕の方から彼には連絡しない。僕はこの学校へ、教師として来たんだ。そのことだけは、忘れないようにしなければ）

遥人の講座は、ありがたいことに定員いっぱいで、順調に授業を続けている。日本の文学に親しんでくれるたくさんの生徒の存在が、今の遥人の心の拠《よ》り所《どころ》だった。

「──失礼します。小泉《こいずみ》先生、コーヒーはいかがですか。確か、ブラックでしたよね」

「え？　あ…、すみません、相良先生。いただきます」

ライブラリーの片隅で、高等数学の理論書を読んでいたその教員は、黒縁《くろぶち》の眼鏡越しに遥人を見上げて、ぺこりと礼をした。遥人にはまだ支給されていない、濃いグレーの教員用のガウンがよく似合っている。

セント・パウエル校では数少ない日本人の教員仲間、小泉智広《ともひろ》先生。三十代半ばの若さで東京の有名大学の教授を務め、三年ほど前からこの学校で数学を教えている。新任研修の時に挨拶を交わして以来、遥人は小泉と親しく接していた。

「小泉先生も、この場所は気に入ってらっしゃるんですか？　よくお見かけしますね」

五階建てのライブラリーの一階、テーブルとソファの並んだ開放的なテラスは、遥人が空いた時間によく利用する場所だ。飲み物を注文できるバーがあって、周囲の席にいる生徒たちも、ゆったりと過ごしている。

「……ええ、教室は狭くて、ここの方が落ち着きます。一日中生徒と膝を突き合わせて、あそこで授業をするのは、ちょっと」

「僕もやっと慣れてきたところです。ディスカッション形式だと、板書がない分、話が脱線しやすいですね」

「脱線するほど話術があるのは、羨《うらや》ましい」

神経質そうに眼鏡のズレを直すと、小泉は紙コップのコーヒーを啜《すす》った。彼は研究一筋の学者肌で、シャイな人らしい。

「話術なんて。好きな本のことを、ただ授業で紹介しているだけですよ」

遥人はそう言って、手持ちの本をテーブルに置いた。

「『源氏《げんじ》物語』の現代語訳ですか。第十二帖、須磨《すま》。光《ひかる》源氏が都を追われる章だ」

「はい。最上級生のクラスで、今教材として使っているんです。『源氏物語』は英国に著名な研究者がいて、ポピュラーな作品ですから」

「失墜《しっつい》しそうにないエリートな子供たちが、政敵を前に自ら蟄居《ちっきょ》した源氏の悲哀を、理解してくれますかね」

小泉の少し皮肉を挟んだ言葉に、遥人は笑って頷いた。確かにこの学校の生徒たちは、勝者の将来を約束されているように見える。

「苦境でも品位を失わないヒーローは、ここの生徒たちにはフィクションとしておもしろいようですよ」

「ああ、なるほど。——まだ赴任されて間もないのに、相良先生は生徒たちのことをよく見ているんですね」

小泉は独り言のように呟いて、はあ、と溜息をついた。

「高校で教員をされていたあなたは、ここでもうまくやっていけそうだ。研究一色だった私は、生徒との対話が苦手で」

「そんな。小泉先生は実績がおありになる大学教授じゃないですか。先生と僕を比べるなんて、おこがましいです」

「この学校では、日本の大学教授の肩書きは、たいして意味がない。セント・パウエル校のOBかそうでないか、教員の価値の大半はそれで決まります」

「……確かにそういう一面はありますけど、少なくとも生徒たちは、小泉先生をプロフェッサーと呼んで敬っていますよ」

「マナーにうるさい学校ですから。表向きはそう呼んでも、裏ではどうだか」

小泉はもう一度溜息をついて、疲れたように肩を落とした。エリートな生徒たちと相対するのは、プレッシャーも大きく、ストレスも溜まる。異国で教鞭を執る教員どうし、何か悩みでもあるのなら力になりたい。

「僕でよかったら愚痴《ぐち》を聞きますよ。小泉先生は、少しお疲れのようだから」

「ああ、いや……、気にしないでください。相良先生は、優しい人だな。私より年下なのに、甘えてしまいそうだ」

冷えかけたコーヒーを啜りながら、小泉は瞳だけを遥人へと向けた。励ましたくて微笑みを返すと、彼は目を合わせたくないように、さっと視線を伏せる。

(本当にシャイな性格なんだな。学者肌の先生らしい、繊細な人なんだろう)

黙り込んだ彼に、あまり詮索《せんさく》するのは失礼なことなのかもしれない。再び数学の理論書を読み始めた彼に付き合って、遥人も『源氏物語』の付箋《ふせん》をつけた頁《ページ》をめくった。

しばらくの間、沈黙して読書に耽《ふけ》っていると、テラスに数人の生徒のグループが現れた。

「いたいた、遥人先生。ほら、レオ、やっぱりここだったろ？　俺の勝ちだ」

「仕方ないな。フランツの分の、来月のロンドン・ダービーのチケットは僕が出すよ。座席はチェルシー側だっけ？」

「イエス。この間みたいにアーセナル側を取ってみろ。お前の寮長の座を剥奪《はくだつ》してやる」

「――レオ君、フランツ君、静かに。読書をしている人の邪魔をしてはいけないよ」

遥人が注意をすると、賑やかに話していた二人は肩を竦めた。長身の彼らの後ろから、くすくす笑って双子のチャン兄弟が顔を出す。

「すごいや、遥人先生。鬼の寮長と大臣の息子のサッカー馬鹿を、まるで三歳児のように叱るなんて」

「エリック、サッカー馬鹿は余計だ」

「へえ、三歳児と言われるのはいいんだ？」

「アンディ。お前もうるさい」

「君たち。静かにしなさいと言っているのに。お揃いでどうしたの？」

「読書中にすみません。プロフェッサー・コイズミ、遥人先生を少しお借りしてもよろしいですか」

「――どうぞ」

「遥人先生。お渡ししたいものがあって、先生のことを探していたんです」

「僕に、渡したいもの？」

はい、と答えたレオは、彼だけが着ているクリーム色のジャケットの内ポケットから、リボンのついたカードを取り出した。

「我がキングスブレス寮で、先生の歓迎会を開きます。ぜひ出席してください」

遥人はびっくりして、瞳を丸くした。

「レオ君――」

「寮生たちで組織する執行部会で企画しました。これはその招待状です」

「別に招待を断ってもいいけど、俺たちキングスブレスの寮生全員を敵に回すことになるから、覚悟して？」

「大丈夫！　そうしたら僕たちのサウザンライツ寮で歓迎会をするよ！」

「先生の講座の生徒は、どこの寮か関係なく、この歓迎会に集まるよ。僕、先生ともっと親しくなりたいな。みんなそう思ってるんだ」

アンディの言葉に、他の三人もうんうんと頷く。遥人は嬉しくて胸をいっぱいにしながら、招待状を受け取った。

「ありがとう。謹《つつし》んで出席させてもらいます」

「やった！　絶対だよ、約束ね」

「はい。本当にありがとう。嬉しいです」

生徒たちに歓迎会を開いてもらえるなんて、思ってもみなかった。招待状に書いてある日時は、今週の土曜日の午後。遥人はもう待ち切れなくて、授業に向かったレオたちがテラスから去った後も、胸をどきどきと高鳴らせていた。

「キングスブレスの寮長に、オズワルド財務大臣の子息、相良先生は華やかな生徒に囲まれているようだ」

「たまたま初回の講座を受講してくれた子たちです。非常に優秀ですし、彼らと接していると、僕の方も勉強になります」

「あなたのその謙虚なところが、好かれる理由なのかな。……しかし、この学校の生徒は一筋縄ではいかない。気を付けた方がいい」

「え？」

「相良先生もいずれ分かります。まあ、数年ここで過ごした人間の老婆心ですよ」

不思議なことを言う人だ。自分のために歓迎会を開いてくれる生徒たちの、いったい何に気を付けろというのだろう。

小首を傾《かし》げる遥人から、目を逸らすようにして、小泉は紙コップに視線を落とした。空になっていたそれを、テラスの風が撫でて、辺りにかさかさと乾いた音を響かせていた。

ロンドン近郊に自宅のあるセント・パウエル校の生徒は、週末の休みに合わせて帰宅し、家族と時間を過ごす者がほとんどだ。十三歳から最上級生の十八歳まで、六学年の多感な男子が一緒に暮らす寮は、日常生活の様々なルールを学べる反面、上下関係の厳しい窮屈な場所でもある。

そのせいか、校内の七つの寮の執行部は、定期的にイベントを企画して、生徒たちが楽しく過ごせるように努力しているらしい。新任教師の歓迎会は、まさに格好のイベントで、普段は校内に人気の少ない土曜日にもかかわらず、今日のキングスブレス寮の周辺は、七色のハウスカラーのネクタイを締めた生徒たちで溢れていた。

「ミスター・サガラ、到着しましたよ」

「送ってくださってありがとうございました。——うわあ、こんなにたくさんの生徒が。緊張しちゃうな」

式典用の豪奢《ごうしゃ》な装飾をした馬車が停《と》まり、屋根のないオープンタイプの座席のドアを、御者の職員が開ける。すると、生徒たちが拍手で出迎えてくれた。

「Haruto,welcome to our house!」

まるで王様か王子様のように、御者に恭《うやうや》しく差し出された手に自分の手をのせて、遥人はおぼつかない足で馬車を降りた。お城と見紛《みまが》う建物へと続く、石畳のアプローチに、遥人を歓迎会へ招待してくれたレオとフランツが立っている。

「キングスブレス寮へようこそ、遥人先生。お迎えの馬車は気に入ってもらえましたか？」

「宿舎を出たらすごい馬車が停まっていたから、びっくりしました。タキシードを着た方がよかったかな」

「ははっ。主賓はノーネクタイにシャツ一枚だったとしても、歓迎するよ」

「僕たちがご案内します。遥人先生、どうぞ中へ」

二人にそっと背中を押されながら、初めて訪れたキングスブレス寮の門をくぐる。校内の礼拝堂と同じ、ゴシック建築の荘厳な建物の中へエスコートされた遥人は、サロンに流れていた音楽に目を瞠《みは》った。クラブ活動でオーケストラに所属している寮生たちが、藤ヶ丘星凌学園の校歌を演奏している。

「すごい、藤ヶ丘の生徒たちが聴いたら喜ぶだろうなあ」

見事な生演奏に耳を傾けながら、指揮者の方を見ると、そこにいたのはチャン兄弟の兄のエリックだった。いたずらっぽいいつもの顔と違って、タクトを振る真剣な横顔にはっとさせられる。

校歌の演奏が止むと、生徒たちが遥人の挨拶を催促して、手拍子を鳴らし出した。

「先生、お言葉をお願いします」

「はい。——みなさん、今日はお招きありがとう。昨夜はどきどきして、よく眠れませんでした」

生徒たちの得意げで楽しそうな顔を見ていると、いっそう胸が弾《はず》む。赴任してくるまでは、この学校で自分に教員が務まるのかと、不安に思うこともあった。でも、もうきっと、大丈夫だ。

「みなさんに歓迎されて、僕は本当にセント・パウエル校のお仲間に入れてもらった気がします。まだ慣れないことばかりなので、僕にとっては、みなさんが先生であり、先輩です。これからもどうぞよろしくお願いします」

感動と興奮で、頬を赤くしながら挨拶をした遥人を、また拍手が包む。

遥人の挨拶の後は、七名の寮長を代表したレオのスピーチ、そして生徒たちが運営しているウェブニュースに載せる、記念写真の撮影をした。

「先生、ソファへお掛けください。ここからは日本で言う無礼講です。今紅茶を淹れますから、寛いでくださいね」

「はい」

エスコートされたサロンの一角には、遥人のための特別な席が用意されていた。白い陶磁器のティーセットと、テーブルに飾られた、手作りのフラワーアレンジメント。キングスブレス寮の寮歌の演奏が始まり、それをBGMに生徒たちが入れ替わり立ち替わり遥人を囲んで、歓迎会はアフタヌーンティーのひとときへと移っていく。

「先生、今日のために寮のコック長が焼いた、とびきりおいしいケーキだよ。召し上がれ」

銀製のトレーに盛られた、ジャムをたっぷり挟んだヴィクトリアケーキやパイ。それを運んできたのは、エプロンを着たチャン兄弟の弟のアンディだ。

アンディの傍らで、レオが紅茶のポットにお湯を注いでいる。彼のサーヴはとても優雅で、所作が洗練されていた。

「どうぞ、先生。お口に合うと嬉しいです」

「いただきます。――ん？」

熱い紅茶を一口、口に含んで、もう何年も飲んでいなかったとても懐かしい味だと気付く。

「ヌワラ・エリア茶のインビトウィーン。中摘みはめったに出回らない茶葉なのに、よく手に入ったね。とてもおいしいよ」

もう一口、カップに唇をつけると、豊かな貴族の館のティータイムの光景が蘇《よみがえ》った。この紅茶はアシュリーがとても好きな銘柄で、休日に彼がメイフェアのタウンハウスへ帰るたび、一緒に飲まされて遥人も好きになったのだ。

「先生、利き茶ができるんですか？　大当たりです」

「こっちに留学していた頃に、ホームステイ先でよく飲んでいた紅茶だから」

「へえ。偶然かなあ。この紅茶はアシュリー理事長が、僕たちに薦めてくれたものなんだ」

「……え？　ど、どういうこと？」

突然アシュリーの名前が出てきて、遥人は噎《む》せそうになった。どうして彼が、生徒たちが開いた歓迎会に関わっているのだろう。

すると、オレンジジュースのタンブラーを手にしたフランツが、遥人のソファの背凭れの後ろから、身を乗り出してきた。

「寮でイベントをする時は、最大のスポンサーである理事長に、必ず企画書を出すことになってる。先生をアフタヌーンティーでもてなすなら、いい紅茶がある、ってさ、取り扱っている店を理事長が紹介してくれたんだよ」

「彼がそんなことを――」

「ねえ先生、アシュリー理事長がこの学校のＯＢなのは知ってる？」

「あ、うん。もちろん知っているよ。理事長に就任したのは最近だと聞いたけど、前の理事長と、何かあったのかな」

　ずっと疑問に思っていたことを、遥人はつい口にした。理事長という権力者になって、突然自分の前に現れたアシュリーに、遥人は違和感を抱いていたからだ。

「学校の恥になる話ですが、前理事長は予算の私的な流用がもとで、退陣したんです。以前からそういった噂《うわさ》は絶えなくて、教員の中にも、流用に加担している人物がいました」

「表向き、前の理事長は病気療養で退陣したことになってる。機能不全に陥った理事会を立て直して、流用された予算を莫大《ばくだい》な寄付で穴埋めしたのが、アシュリー理事長なんだ」

「……莫大な寄付……」

　遥人は、はっとした。アシュリーが言っていた、理事長の地位を買ったという話は、この寄付のことだったのかもしれない。

（もしそれが当たっているなら、僕は事情も何も知らずに、彼のことを――）

　不正をするなと、一方的に責めた遥人に、アシュリーは言い訳一つしなかった。両手の中に包んでいたティーカップが、昂《たか》ぶった感情のせいで、温度を上げた気がする。遥人は紅茶をひといきに飲み干して、懐かしいその味と香りを、体いっぱいに満たした。

（アッシュ。どうして何も言ってくれなかったんだ。君はこの学校の危機を救うために、理事長になったんじゃないのか）

　遥人を手に入れるために、理事長になったと言った彼。いったいどちらの彼が、本物のアシュリーなのだろう。

七年前の、たおやかでまっすぐな少年だったアシュリーを、遥人は心のどこかでまだ探していた。彼は傲慢な人間ではないと、今も信じていたくて、涙ぐみそうになっている瞳をスーツの袖で擦る。

「レオ君、フランツ君、アンディ君、いい話を聞かせてくれてありがとう。紅茶のおかわり、もらえるかな」

「喜んで」

「次は先生の話を聞かせてくれよ。留学先はどこだったんだ？　オックスフォード？　ケンブリッジ？」

世界のトップ10に入る大学名を、フランツが当たり前のように口にする。遥人は畏《おそ》れ多くて、慌てて首を振った。

「それは君たちが進学する大学だろう？　僕は日本の大学から、ＵＣＬ（ユニバーシティ・カレッジ・ロンドン）で一年半、主に教育心理学を学んでいたんだ」

「ＵＣＬならキャリアとしては十分だ。こっちで学位を取ればよかったのに」

「そうだよ、先生。どうして日本へ帰っちゃったの？」

「あ――、うん、ちょっとね。ホームシックかな」

小さな嘘をついて、ちくん、と遥人は胸の奥を痛ませた。留学を途中で打ち切ったのは、アシュリーへの許されない想いを断ち切るためだった。帰国したばかりの頃は、心の中が空《から》っぽになっていて、家族にひどく心配をかけたのは、ばつの悪い思い出だ。

あの頃、遥人は大学に行かずに、一日中竹刀を振っていた。祖父の代から続く剣道場で、毎日倒れるまで稽古をして、アシュリーのことを忘れようとしていた。

（でも、忘れることはできなかった。日増しに思い出が鮮明になって、竹刀を振ることさえ、つらくなっていった）

子供の頃から鍛錬してきた剣道を、苦しみから逃げる手段に使ったことを後悔している。アシュリーと再会して分かった。そんな都合のいい手段なんて、本当はどこにもなかったのだ。

（あれからずっと、僕の太刀筋《たちすじ》は曇ったままだ。どんなに稽古をしても、心が晴れることはない）

この学校に赴任してから、宿舎の部屋に置いたままの竹刀を、遥人はまだ一度も握っていなかった。七年越しにアシュリーと対峙《たいじ》したことで、また迷いを覚えた自分に、竹刀を振るう資格があるとは思えない。

「先生、どうしたの？　静かになっちゃったね」

「考えごとをしていると、紅茶のおかわりが冷めますよ」

「あ……っ、ごめん。ありがとう」

遥人の鼻先を、また懐かしい紅茶の香りがくすぐっている。さざめくような生徒たちの談笑の声と、耳に心地いい生演奏の音楽。満ち足りた歓迎会に意識を戻して、ティーカップを持ち上げていると、サロンに数人の生徒が入ってきた。彼らはクラブ活動の帰りなのか、肩にスポーツメーカーのロゴが入った大きなバッグを担いでいる。

「随分賑やかだと思ったら、今日は何のイベントだ？　レオ寮長」

「やあ、スタンリー。日本文学と日本語を教えているミスター・サガラの歓迎会だよ。グランロック寮の君にも連絡は回っているはずだ」

「歓迎会？　ああ、新入りの教員か」

「君たちも参加するといい。紅茶とケーキはまだ余っている」

「遠慮させてもらう。俺たちは新入りに興味もないし、歓迎する気もない」

和やかだったサロンを、剣呑《けんのん》な空気が包んだ。演奏中だった楽器がまばらに止んでいき、アフタヌーンティーを楽しんでいた生徒たちがざわつき始める。

（あの生徒は――）

ソファの脚を軋ませて、遥人は思わず立ち上がった。スタンリーという名の生徒に見覚えがある。この間校舎の廊下で肩をぶつけた、遥人のことを『黒猫』と呼んだ生徒だ。

「先生、座っていてください。スタンリー、用がないなら、失礼を詫びて出て行ってくれ」

「俺はキングスブレスの寮生じゃない。お前の命令に従わなくていい権利がある」

「何だと？　今日のサロンは全寮の執行部の貸し切りだ。もてなしの場を白けさせるなら、抓《つま》み出すぞ」

「おもしろい。いい加減お前のいい子ぶりっこには辟易《へきえき》してるんだ。やってもらおうじゃないか」

「やめなさい、君たち……っ」

　遥人は黙っていられなくなって、睨《にら》み合いを始めた二人の間に割って入った。機転を利かせたフランツが、レオを羽交い締めにしてその場から遠ざける。

　この学校には様々な考え方を持った生徒がいる。新任教師の歓迎会を、つまらないと思う生徒がいたとしても不思議じゃない。

「スタンリー君といったね。今日は僕のために厚意で開いてもらった会だ。レオ君の顔を立ててほしい。言いたいことがあるなら僕が聞こう」

「俺は寮長様が売ってきたケンカを買っただけだ。しゃしゃり出てくるな、新入りの黒猫」

　スタンリーは遥人を威嚇《いかく》するように毒づくと、肩に担いでいたバッグから、すらりと何かを抜いた。

　サロンの照明を反射させる、鈍い銀色のブレード。フェンシングの剣だ。

「おい新入り、おとなしくしておけよ！」

「スタンリーはエペの学生チャンピオンだ。穴だらけにされるぞ」

「先生、下がって！　スタンリー、練習場以外でそれを抜くのはルール違反だ！」

「うるさいぞ、レオ。お前が売ってきたケンカを、この黒猫に肩代わりさせてやる。――おい、誰かこいつに剣をやれ」

スタンリーの仲間たちが、ひゅうっ、とひやかしの口笛を鳴らす。サロンの中央に、遥人とスタンリーだけを残して、他の生徒が不安そうに周囲を取り巻いた。

すると、生徒たちの円形の壁のどこかから、ガランガラン、と遥人の足元に掃除用のモップが転がってくる。

「剣を取れよ、黒猫。このセント・パウエル校の教員を名乗るなら、俺と戦え」

「新入りにはモップで十分だ！」

「やっつけてやれ、スタンリー！」

仲間たちが囃《はや》し立てる中、スタンリーは笑って剣を掲げている。高慢なその笑顔を見ていると、遥人の中に静かな怒りが湧いた。

（レオ君たちが、心を尽くして開いてくれた歓迎会だったのに。それを台無しにする権利は、この彼にはない）

どくん、どくん、と大きく刻む心音が、遥人の手にモップの柄《え》を握らせる。レオの名誉と、歓迎会に集まってくれた生徒たちの優しい気持ち、その二つを守りたい。無意識に間合いを取り、遥人はスタンリーへとモップの先を向けた。

「スタンリー、やる気だぞ、こいつ！」

「挑発に乗ってはいけない！　先生、彼の腕は本物だ、やめてください！」

「大丈夫。——勝負は一瞬で片がつく」

遥人の呟きに、スタンリーが青い瞳を眇《すが》めた。ひゅっ、と空気が裂かれる音がしたかと思うと、彼はたった一歩で間合いを詰めてきて、遥人の肩口を剣で突いた。

「っ……！」

ジャケットの布地が引き攣れ、剣先が掠めたそこが、線状に破ける。吐息を感じるほど近い距離で、スタンリーはチャンピオンの技を惜しみなく披露してから、遥人を威圧した。

「今のはハンデだ。次は外さない。下手《へた》に避《よ》けようとするなよ、ケガをするぞ」

顔色一つ変えない彼へと、遥人は静かに頷いた。

（なんて強くて、迷いのない太刀筋だ。チャンピオンの彼の剣と、僕のモップ。本当に、竹刀も持てなくなった中途半端な僕には、これがふさわしい）

今日の歓迎会はとても楽しくて、セント・パウエル校の一員になれたようで、嬉しかった。

でも、それは間違いだった。

（僕はまだ、何者でもない。『黒猫』と侮蔑する生徒に、僕を認めさせて初めて、セント・パウエル校の一員になれるんだ）

この学校の生徒は一筋縄ではいかない――。教員仲間の小泉から、そう忠告を受けたことを思い出しながら、遥人はモップを上段に構えた。

「スタンリー君、僕が勝ったら、二度と僕のことを『黒猫』と呼ぶな」

「ハッ！　その構えはケンドウか。奇跡が起きれば『サムライ』とでも呼んでやるよ」

「光栄だ。――君の剣は既に見切った。来なさい、チャンピオン」

「ふざけるな、生意気な黒猫め……っ！」

激昂《げっこう》したスタンリーの剣が、猛然と遥人へと襲いかかる。さっきの一撃よりも、ずっと速く、ずっと深い。手練《てだ》れの彼の剣先は、防具のない遥人の心臓を狙《ねら》っていた。

「先生！」

「危ない！　止めさせろ！」

レオとフランツの声が、意識の遥か向こうで聞こえた気がした。剣道の試合に臨む時のように、かっと見開いた遥人の瞳を、フェンシングの銀色の刃が掠めていく。

呼吸さえも忘れたその刹那《せつな》に、遥人はモップの柄を斜めに切り返し、スタンリーの剣先を撥《は》ね上げた。

「え……っ？」

「ヤアアアアア――――！」

気合一閃《いっせん》、だんっ、と音が立つほど床を踏み締め、遥人はスタンリーの懐《ふところ》へと入った。彼

が防御の構えを取るより速く、喉元へとモップの柄の先を突き付ける。

しん…、と静まり返ったサロンの中央、喉仏まで僅《わず》か数センチの距離を残して、遥人は打突を寸止めした。氷のように全身を硬直させたスタンリーが、自分に何が起きたか気付いて、手から剣を取り落した。

「一本！　両者それまで！」

剣が床を転がる音とともに、高らかな声がサロンに響き渡る。遥人とスタンリーの戦いを、息を呑んで見つめていた生徒たちが、その声の主のために道を開けた。

黒いガウンを翻して、チャン兄弟を従えた長身の生徒が、遥人のもとへと近付いてくる。遥人はモップを下ろして、作法通りの礼をすると、審判をしてくれた彼の方を向いた。

「ルカ君。――君だったのか」

「お見事でした。勝者はあなたです、遥人先生。私たち全員があなたの雄姿を見届けました」

ルカから誉れを受けて、遥人は深く息を吐き出した。無心で突きを繰り出せたのは、いったいいつぶりだろう。相手の剣が、スローモーションに見えたのも。自分の剣道ができた久しぶりの高揚と充実感で、胸が熱くなってくる。

「スタンリー、君の負けだ。潔く勝者を讃《たた》えなさい」

「待てよ。ケンドウのキャリアが長いんだろう。黙っていたなんて、卑怯だぞ」

「相手の技量を見抜けなかった君が未熟者だ。さあ、スタンリー、勝者との約束を果たせ」

「分かったよ、くそ…っ。——ミスター・サガラ、悔しいけど、完敗だった。さっきまでの失礼を詫びて、勇敢なサムライのあなたを讃えます」

「スタンリー君……。君の方こそ、強かった。これからも君の剣の道を究《きわ》めてください。応援します」

遥人はスタンリーの剣を拾い上げて、彼へと手渡した。すると、握手の代わりのつもりなのか、スタンリーは剣先でモップの先を、かしん、と軽く叩いた。

「フェンシングをやってみたかったら、いつでも練習場へ顔を出してくれ。俺が相手をする」

「ありがとう。今度ぜひ」

遥人が微笑むと、スタンリーも、まだ悔しさが残る少年らしい顔で苦笑した。その途端、サロンがこの日一番の歓声と拍手で沸いた。

「すごい！　セント・パウエルに強い剣士がやって来た！」

「日本にはまだ本物のサムライがいたの⁉」

「サムライ・ハルト！　さっきの技をもう一度見せて！」

ハルト！　ハルト！　と熱狂的なコールを受けて、遥人は照れくさい思いで、生徒たちに手を振った。レオとフランツが駆け寄ってきて、まるでサッカーでゴールを決めた後のように、遥人のことを思い切りハグする。

「先生——。こんなことって…っ、いったい何者なんだ？　あなたって人は、俺たちみんなを虜にしたよ」

「おおげさだよ、フランツ君。僕はみんなに認められる教師になりたかっただけ。それよりもレオ君、寮長の君が感情的になっては駄目じゃないか」

「すみません。あなたのことを敬愛します、遥人先生。今から歓迎会のやり直しをしましょう。スタンリー、君と君の友人たちも参加するな？」

「ああ。剣を交えたら喉が渇いた。アイスティーを出してくれ」

中断していた歓迎会が、レオの采配で再び始動する。遥人が使ったモップは、掃除用具入れには戻らずに、このサロンに記念に飾られることになった。

「よかった、平和的に解決して。ケンカになるんじゃないかって、ひやひやしたよ」

「僕たちじゃ止められないから、慌ててルカを呼んで来ちゃった。今日は生徒会の奉仕活動日だったのに、いつも仲裁役、ご苦労様」

「それが生徒総長の仕事だよ。――遥人先生、上着の肩のところが破けています。負傷されてはいませんか？」

「ううん、シャツの下は無傷だ。どこも痛くないよ」

「しかし、そのままでは落ち着かないでしょう。私の服をお貸ししますから、着替えてください。部屋まで案内します」

「じゃあ僕たちは、新しいお茶とお菓子の用意をしているね。行ってらっしゃい、遥人先生」

「ありがとう。みんな」

生徒たちの拍手に送られて、遥人はいったんサロンを後にした。ルカの後ろを歩きながら、恥ずかしくて丸めた背中に、サムライ・ハルト、とまたコールがかかる。

遥人のことを、最初にサムライと呼んだのはアシュリーだった。剣道場に稽古を見学しに来た彼が、碧い瞳をきらきらさせて、興奮し切っていたことを覚えている。

稽古の帰り道、見るからに裕福なアシュリーを狙って、若者の不良グループが因縁《いんねん》をつけてきた。アシュリーを守りたい一心で、遥人は彼を背中に庇《かば》い、竹刀で不良たちを撃退したのだ。

（あの時、君は僕をヒーローのように讃えてくれた。モップで戦った今日の僕を見たら、君はどう思っただろう）

けして巻き戻すことのできない時間が、遥人とアシュリーの間に流れている。訳もなく切ない気持ちにかられながら、靴音だけが響く寮の廊下を進んでいると、遥人のスラックスのポケットの中で携帯電話が震えた。

「え……っ」

まだ一度も使ったことがなかった、アシュリーにもらった電話。届いたばかりのメールを開いて、遥人は息を飲み込んだ。

『ハル、生徒たちの歓迎会は盛況だろう。水曜の十三時、学内の「ミンス」においで。私もあなたの歓迎会がしたい』
簡潔な文章と、食事の時間と場所を指定した、短いメール。命令と変わらないアシュリーのそれを、遥人は揺れる視界に映して、強く電話を握り締めた。

4

「こんにちは。ご機嫌いかがですか、サムライ・ハルト」

「サムライ・ハルト、握手をしてもらえますか？」

キングスブレス寮で開かれた歓迎会から、三日ほどが経った後も、遥人の周りは賑やかだった。校舎の廊下を歩いていたり、カフェテリアで食事をとっていたりすると、顔を知らない生徒たちによく声をかけられる。

フェンシングの学生チャンピオンに、モップで勝ったという遥人のニュースは、瞬《また》く間にセント・パウエル校の隅々にまで伝わった。何せいつも刺激を求めている、噂好きの生徒たちの学校だ。誰が撮っていたのか、遥人とスタンリーの戦いが学内の動画配信サイトに投稿されたことで、『サムライ・ハルト』は知らない者のいない有名人になってしまった。

「本物のサムライは、日本の歴史の中にしかいないのに。僕のことをそんな風に呼ぶなんて、英国一のエリート校の生徒たちも、案外かわいいところがあるんだな」

独り言のように呟いて、遥人はミント水のグラスに口をつけた。緊張をしているせいか、唇がかさかさに乾いている。学内にいくつかあるレストランの一つ、バラの温室の一角にテーブルを並べた『ミンス』で、遥人はアシュリーと二人、味のしないランチの時間を過ごしていた。

「ハルはすっかり人気者だ。私もモップとフェンシングの一戦を見物したかったよ」

からかうようなアシュリーの言葉に、遥人は思わず瞳を伏せた。同じテーブルに向かい合っていながら、まともに目線を交わすこともできない遥人に、彼は苦笑している。

「顔を上げて。せっかく食事に誘ったのに、少しも食べていないね」

「……すみません。朝からずっと、食欲が湧かなくて」

「私に敬語はやめろと言ったはずだ。軽いものなら入るだろう？　デザートの注文をしよう」

メニューを持って来させようと、ウェイトレスに目配せをしたアシュリーへと、遥人は首を振った。

「本当に、何も食べられません。水だけで結構です」

テーブルに並んだ色とりどりの料理も、庭園に咲き誇る美しいバラも、何一つ視界の中に入らない。針の筵《むしろ》のようなランチから、早く解放されたくて、遥人は膝の上のナプキンを握り締めた。

「ここのバラのシャーベットは名物メニューなんだ。私が学生の頃から人気で、ハルにもぜひ味見をしてもらいたいと思っていた」

「今度来た時に、注文させてもらいます」

「――では明日また、待ち合わせよう。今日と同じ時間にここを予約しておく」

「明日はお昼休みに、他校の教員との懇親会が入っているから、駄目です」

「それなら明後日。その日も都合がつかないなら、明々後日だ」

「アシュリー理事長」

不服そうな顔をして、アシュリーがカトラリーを持つ手を止める。遥人は小さく溜息をついて、言い直した。

「アッシュ。君と食事をするのは、これで最後にしたい」

「何故。あなたを連れて行きたいレストランは、学外にもたくさんある。エスコートのマナーは心得ているつもりだよ」

「僕と食事をしてもつまらないだろう？　気の利いた話もできないし、この学校のＯＢの先生たちのように、君と共通の話題もない。僕といても、おいしい料理がまずくなってしまう」

「私はハルとの時間を独占したいだけだ。二人で過ごしているだけで満足だよ」

アシュリーの甘い言葉の裏側には、バラのような棘《とげ》が潜んでいる。憎んでいるはずの人間を、平気で食事に誘う彼の気持ちが分からない。いたたまれない気分で水のグラスを空にした遥人に、アシュリーは自分が飲んでいたシードルのボトルを勧めてきた。

「どうぞ。ジュースのようなリンゴの発泡酒だ」

「ううん。ここでお酒は飲めない」

英国のランチにアルコールはつきものだとしても、学内のレストランでは気が引ける。こんな気分で飲酒をしたら、たちどころに酔って醜態を曝《さら》してしまうだろう。

「もう、いいかな。これでも僕は忙しいんだ。授業の準備をしたいから、失礼するよ」

「今日は午前中で授業が終わる半休日だ。この後はあなたをデートに誘おうと思って、車も手配してある」

「アッシュ……っ」

無意識に赤くなった頰を、遥人は手の甲で隠した。シードルの甘い香りに噎せながら、テーブルの周囲に視線を走らせる。

「発言に気を付けろって、この間言ったばかりじゃないか。他のテーブルに客がいるのに、デートなんて、軽々しく口にしないで」

「私たちの日本語を正確にリスニングできる客は、そういないと思うけれどね」

「アッシュ、この学校の理事長の立場を、もっと弁《わきま》えてほしい。君は理事長の椅子を買ったと言ったけど、本当は違うんだろう？」

「何の話だ」

「この間、キングスブレス寮で歓迎会を開いてくれた生徒たちから、前の理事長が起こした不正と、君が寄付金を出して新しい理事長になった経緯《いきさつ》を聞いたんだ」

「話さなくてもいいことを。――まったく、おしゃべりが好きな生徒たちだ」

「やっぱりそうだったんだね。君でなければ、この学校の信頼を取り戻すことはできなかっただろう。どうして僕に、一言も本当のことを言ってくれなかったんだ」

「私が理事長になったのは、ハルともう一度会うための手段だったからだ。私的な行動を手柄のように自慢する気はない」

「アッシュ……」

学校の危機を救った崇高な行為を、何故アシュリーは悪びれて言うのだろう。まるでわざと自分自身を貶《おとし》めているようで、遥人はやるせなかった。

「きっかけがどうでも、君がしたことは、素晴らしいと僕は思うよ」

「別に、ハルが褒めてくれなくていい。金銭で今の立場を得たのは事実だ」

「アッシュ、どうしてそんな言い方しかできないんだ――」

「くだらない私の話より、あなたに不必要な情報を与えたのは誰だ？　おおかた生徒総長のルカか、寮長のレオハルト辺りだろう。あまり生徒たちと親しくし過ぎないように」

「みんなとても親切にしてくれる、優しい生徒たちだよ。歓迎会の日は楽しかった。僕もやっと、この学校の一員として認められた気がしたんだ」

バラの温室を散策している生徒たちや、離れたテーブルで談笑をする教員たち。この学校の風景を形作る一つに、自分もなれたらいい。アシュリーが救った学校は、遥人にとって、いっそう特別な存在になっていた。

「歓迎会で披露したハルの剣道に、生徒たちはすっかり魅了されたようだね」

「……あれは……、不可抗力だよ。モップで戦うなんて、君があの場にいなくてほっとしたくらいだ」

「教職員や理事会も、あなたのことをサムライだと話題にしている。私がハルをここに赴任させたせいで、みんながあなたの魅力に気付いてしまった」

グラスにシードルの気泡を弾《はじ》けさせながら、アシュリーが苦笑する。反応に困るようなことを言われて、遥人は戸惑った。

「この学校に受け入れてもらえるのは、とても光栄なことだよ。日本文学の受講希望者も増えているし、教師冥利《みょうり》に尽きる」

当たり障りのないことを言って、ごまかそうとしても、アシュリーには通用しなかった。温室の中に満ちたバラの香りのように、濃密な眼差しをして、彼が見つめている。

「ハルは私のものなのに。横取りをされたようで、とても癪《しゃく》だ」

「アッシュ、そんな子供みたいなこと――」

「本当に子供なら、無邪気なふりをして、あなたに今ここでキスができる。昔私が、この頬によくやっていたようにね」

す、とアシュリーの指が伸びてきて、遥人の頬にかかった黒髪を梳いた。あんまりその仕草が自然で、彼の指先が綺麗だったから、遥人は呆《ほう》けたように動けなかった。

「モップと剣の間合いは計れても、私との間合いは計れなかった?」

微笑んだ彼の碧い瞳に、遥人を射貫《いぬ》くような、強い何かが宿っている。真昼のレストランにそぐわないその眼差しを、どう受け止めていいのか分からない。

「駄目、だよ。アッシュ。……僕に触れるのはやめてほしい」

彼の指の感触が、頬から全身に広がっていく前に、遥人はそこを手で拭った。

留学中、おはようのキスや、おやすみのキスを、彼が何度自分の頬にしたか数えたことはない。年下の少年が繰り返した親愛のキスは、遥人が自分の恋に気付くまでは、くすぐったくて心地いい幸福に違いなかった。

――――。

不意に、誰かに見られている気がして、遥人は温室の向こうを振り返った。蔓《つる》バラをアーチにした植え込みの陰を、濃いグレーのガウンを着た教員が歩いている。

(小泉先生？)

バラの花に紛れるように消えたその教員は、黒縁の眼鏡をかけた、遥人も知っている人だった。

「ハル？　どうした」

「あ……、ううん。新任研修の時からお世話になっている先生が、そこにいたから」

落ち着いた雰囲気のこの温室は、教職員が休憩によく使っている。小泉もきっとそうなんだろう。

「プロフェッサーの小泉先生は、日本でも名高い数学の研究者なんだ。あの先生のように、僕もこの学校のガウンが似合う教員になりたい。そう言えば、僕のガウンはいつ支給されるんだろう。楽しみだな」

「私と過ごしているのに、他の教員が気になるなんて、いけない人だ。ハルは私に、本気で嫉妬《しっと》をさせたいらしい」

「アッシュ、僕は小泉先生を尊敬しているだけだ。嫉妬は変だよ」

「あなたは私のことだけを見ていればいい。ハルの所有者は私なんだから」

遥人は自分の耳を疑った。空耳だと信じたくて、胸を抉《えぐ》るような単語を繰り返す。

「所有者――？」

イエス、と小さく答えて、アシュリーは頷いた。

まるで見知らぬ人のようだ。人が人を所有するなんて、遥人が知っているアシュリーなら、絶対に口にしない。

「僕は僕だ。誰のものでもない」

冷たい汗をかいた遥人の背中に、シャツが張り付く。このままここにいてはいけない。アシュリーに飲み込まれるな、と、心のどこかで警戒音が鳴っているのに、彼の眼差しに気圧《けお》されて遥人は身動《みじろ》ぎもできなかった。

「ハル。あなたに自由なんかないことを、私が身を以《もっ》て教えてあげる」

「……何をする気なんだ」

「キスの続きだよ」

優美な長い指でグラスを持ち上げて、アシュリーはシードルを飲み干した。驚愕《きょうがく》した遥人の眼前で、濡れて艶《つや》めく唇を、彼は指の背で拭っている。

「……っ」

無意識だとは思えない。なんて挑発的で、艶《なま》めかしい仕草。かっ、と顔じゅうを赤くして、遥人は狼狽えた。

「アッシュ、やめよう。僕は君とこんな話はしたくない」

「もう七年も待たされて、痺《しび》れを切らしているんだ。あなたを裸にして、誰も足跡を残していないか、体の隅々まで確かめたい。日本に恋人を残してきたのなら、すぐに別れて。私は誰かと同じ天秤《てんびん》には乗らないよ」

「アッシュ――！」

遥人は反射的に、膝の上のナプキンをテーブルに叩き付けた。他の客たちがいなくなっていてよかった。アシュリーとの会話を聞かれるのも、好奇の目を向けられるのも、どちらも耐えられない。

「アッシュ、君はいつから、そんな品のないことを言うようになった。昔の君は、もっと純粋で、穢《けが》れなくて、まっすぐな人だった」

「ただの子供だっただけだ。純粋と無知は違う」

ふ、と微笑みながら、アシュリーは遥人をいなした。大人びたその態度が、遥人の怒りに火をつける。

「僕のことを恨んでいるなら、はっきりそう言えばいい。いっそ思い切り殴ってくれたら、君の気持ちも少しは晴れるだろう」

「ハルを殴ったら、私は紳士ではいられなくなってしまう。私はあなたと交わした約束を、ずっと守ってきたんだ」

紳士になることを約束させて、アシュリーを置き去りにした七年前。あの時には想像もしなかった未来が、責めるような彼の瞳とともに遥人を苛《さいな》んだ。

「ハル。あなたの中には、まだ十五歳の私がいるのか？」

「え……」

「たった一度のキスで有頂天になって、嘘つきなあなたに簡単に騙《だま》されてしまった。あの時の愚かな自分を、私は許せない」

「……アッシュ……」

「あの時私は、どうすればあなたを失わずにいられたんだろう」

アシュリーの掌《てのひら》の中で、グラスが軋んでいる。微笑みを浮かべたままなのに、再会してから初めて、彼の声は苦しそうな響きを帯びていた。

「違うよ。アッシュ、君は――あの時の君は、愚かじゃない。あれは僕が……」

僕が悪かったと、喉元まで言いかけて、遥人は口を噤《つぐ》んだ。今更何の言い訳ができる。アシュリーに苦しみを押しつけて、日本に逃げ帰った自分に、彼を慰めることなんてできる訳がない。

沈黙が流れる間、アシュリーは遥人を、じっと見つめ続けていた。恨みも、憎しみも、七年前の純粋さも、全てを綯交ぜにした碧い瞳。吸い込まれるように美しい、それでいて哀切なその瞳が、遥人の胸を掻き乱す。

「ごめんアッシュ、いえアシュリー理事長、今日はこれで失礼します」

「ハル？」

「僕の分はこれで払っておいてください。お釣りはいりません」

財布から多めのポンド札を出して、遥人はそれを、テーブルに置いた。敬語に戻った遥人へと、興醒《きょうざ》めだと言わんばかりに、アシュリーは溜息をついた。

「無粋《ぶすい》だな。食事に誘ったのは私なのに」

「年下の人に奢《おご》られる習慣はありません」

「ハル。あなたがあまり頑なだと、私は傷付く。癇癪《かんしゃく》を起して、あなたに仕返しをするかもしれないよ」

「仕返しがしたいなら、どうぞしてください。七年前にあなたを傷付けたのは、僕の方だから」

「七年前の罪滅ぼしに、私がすることを、何でも受け入れるのか？」

「……いつだって、覚悟はできているつもりです……」

「さっきは怖がったくせに。——いいよ、行って。また近いうちに連絡する」

はい、とも、いいえ、とも言わずに、遥人は一礼だけして席を離れた。バラに囲まれたレストランにアシュリーを残して、甘い香りを体じゅうに浴びながら温室を出ていく。背中に突き刺さる彼の視線に、今にも引き止められそうで、後ろを振り向けない。

（アッシュ、僕を見るな。君といると、僕はどうしていいか分からない）

足早に歩く遥人の耳に、芝生のグラウンドの方から、クラブ活動に励む生徒たちの声が聞こえる。校内は健全で、真昼の眩しさに包まれているのに、遥人とアシュリーだけが太陽の黒点のように沈んでいる。

アシュリーに翻弄されてばかりいる自分が恨めしい。彼とは、普通の理事長と教員の関係にはなれないのだろうか。

（アッシュは僕を困らせたいんだ。僕が戸惑う姿を見て、楽しんでいるだけなんだ）

ちりちりと火で炙られるように、アシュリーにいたぶられ、弄《もてあそ》ばれている今。でも、遥人はもっとひどいことを、七年前に彼にしたのだ。

（——あの時のことを忘れてほしいなんて、都合のいいことは言わない。もっと僕を責めて、

突き放してくれたらいいのに）

このままアシュリーと接していても、お互いに苦しめ合うだけで、何も生まれない。

ぐしゃぐしゃ、と髪を掻き混ぜて、遥人は頭の中のアシュリーを追い出そうとした。真綿で首を絞められているようで、息苦しい。再会してからずっと、アシュリーに支配され、彼のことばかり考えている自分が嫌だ。

「先生ーっ！」

「え……っ」

迷いを抱えた自分を持て余していると、賑やかな生徒たちの一団が、遥人の方へ駆け寄ってくる。遥人は歩く速度を緩めて、ぎこちなく教師の顔を取り繕《つくろ》った。

「遥人先生、探したよ！」

「みんな、我らがサムライ・ハルトが来たよ！」

先頭で飛び跳ねているのは、双子のチャン兄弟だ。遥人をあっという間に取り囲んだ生徒たちは、みんなチラシのような紙の束を持っていた。

「先生もこれを読んで。僕たち、剣道のクラブを作る計画を立てたんだ」

「剣道クラブ？」

「この間の先生の剣道を見て、みんな自分もやってみたいって言い出したの。生徒の三十パーセントの署名を集めたら、学校にクラブ発足の交渉ができる決まりなんだ。ほら、もう百人以上の署名をもらったよ」

「こんなにたくさんの生徒が、日本の剣道に興味を持ってくれたんだ……」

遥人が署名の名簿を見て頬を綻ばせると、生徒たちも嬉しそうに顔を見合わせた。自分の剣道が、生徒たちの心をこんな形で動かすことになるなんて、思ってもみなかった。

「それでね、先生に相談したいことがあるんだ。この剣道クラブの顧問になってもらえませんか」

「顧問？　僕が？」

「先生以外には考えられないよ。顧問がいることが、クラブ発足の大きな条件なんだ。お願いします」

「お願いします、遥人先生！　僕たちを先生の弟子にしてください」

「サムライ・ハルト、僕たちに剣道を教えて！」

たくさんの生徒に、瞳を輝かせて懇願されると、遥人も断る訳にはいかない。東京の実家の道場では、総師範の父親の補佐として、小中学生の道場生を指導していたこともある。自分の剣をもう一度見つめ直すためにも、アシュリーと距離を置くためにも、純粋に剣道に関心を持ってくれた生徒たちと触れ合うのは、いいことなのかもしれない。

「分かりました。僕でよければ、顧問を引き受けます」

遥人が頷くと、生徒たちはいっそう瞳を輝かせた。

「やった！　先生ありがとう！」

「僕にもそのチラシをもらえるかな。配るのを手伝うよ」

遥人がチラシ配りに参加したのをきっかけに、署名をしてくれる生徒が、ぐんと増えた。

それから間もなく、必要な数の署名を集めた剣道クラブは、学校の承認を得て、正式に発足した。顧問に就任した遥人の最初の仕事は、本物の剣道を見たことがない生徒たちを連れて、剣道場へ見学をしに行くことだった。


十月の半ばになると、英国のパブリック・スクールはどこでも、ハーフタームという秋休みを迎える。一週間の連続した休暇で、遠方の国の出身の生徒たちにとっては、帰省をするのに格好の期間だ。

学校全体に解放感が漂うハーフタームの前日、教員たちには全員、通信簿のような評価表が配られる。総合評価はＡＢＣＤＥの五段階で、講座の内容が不十分と判断されたり、生徒からクレームがついたりすると、厳しい査定になる仕組みだ。Ｄ評価で注意勧告、Ｅ評価だと即座に免職になる可能性もある。

セント・パウエル校の教育の質を保つためのルールは、もちろん新任教師にも適用されていて、遥人もサミュエル校長から直々に評価表が渡された。初めてもらった総合評価は、最高の『A』。生徒対象のアンケートでは、遥人の講座は満足度が高いという感想がたくさん寄せられた。剣道クラブの顧問になったことも、課外活動を積極的に指導している評価に繋がったようだった。

（よかった、いい評価をもらえて。ハーフタームの間に教材の見直しをして、もっと講座を充実させよう。生徒のみんなが日本文学に深く親しめるように）

教員宿舎の自分の部屋で、評価表と一緒に渡されたアンケートを隅々まで読んでから、遥人はそれを、大事にライティングデスクの抽斗《ひきだし》に収めた。腕時計の時刻を確かめ、外出用の厚いコートを羽織る。ちょうどその時、アシュリーに持たされた携帯電話が鳴った。

「――アッシュ」

呼び出し音を聞くだけで、遥人は電話に出なかった。バラの温室のレストランで食事をした後も、彼から頻繁に連絡がくる。でも、遥人はメール一つ返していなかった。

「ごめん。僕といても、君はつらいだけだろう。僕たちは再会するべきじゃなかったんだ」

鳴り止むまで待った電話を、遥人はデスクの上に置いたままにした。まるで七年前の罪から目を逸らすように、アシュリーを一方的に避けている。ずるいやり方だと分かっていても、アシュリーとただ傷付け合うよりは、このまま彼に軽蔑されて、心底嫌ってほしかった。

『相良先生、いらっしゃいますか？』

「あ……っ、はい！」

思考に沈んでいた遥人は、ドアチャイムと人の声にはっとした。同僚の教員と待ち合わせていたことを思い出して、慌ててドアを開ける。

「ああ、やっぱりこちらだった。迎えのバスが来たようなので、そろそろ行きましょう」

「すみません、ブラウン先生。お待たせしてしまって」

いえいえ、と首を振ったのは、宿舎の同じ階で暮らしている、歴史学教師のブラウン先生だ。ひょろりと背の高い赤毛の彼は、発足したばかりの剣道クラブの副顧問をしている。東洋史の研究家で、日本の歴史や文化にも詳しく、遥人とはこの学校の教員の中で一番話が合う人だった。

授業のない今日は、剣道クラブの希望者を、バスで道場へ連れて行く約束をしている。ロンドン在住の日系人師範が教えている道場で、生徒たちがネットで調べて連絡を取ると、見学を快諾してくれた。

（僕が留学中に通っていた道場は、まだあるのかな。……もしあっても、顔は出せない）

アシュリーの父親、ジェラルド伯爵が出資していた道場は、タウンハウスのあるメイフェアに近い、ドーバー・ストリートのビルの中にあった。七年前、二度とアシュリーと会わないと誓ってから、遥人は伯爵とも疎遠になっている。英国に戻ってきた今も、誓いを破ってしまったことが申し訳なくて、伯爵に挨拶にも行けないままでいた。

「ミスター・サガラ、お出掛けですか？　ハーフタームは日本へお帰りになられるの？」

宿舎の玄関ロビーで、受付の女性職員に声をかけられる。数日間の外泊をする時は、防犯のために届け出ることになっていた。

「帰省はしません。今日は生徒たちを連れて、ブラウン先生とブルームスベリーまで外出してきます」

「それはそれは。三階のフロアは夕方から空調点検の業者が入ります。お二人の部屋にも立ち入りますので、ご了承くださいね」

「分かりました。よろしくお願いします」

受付では、他の教員が何人も、外泊届を出す列に並んでいた。各国から集められた教員たちにとっても、ハーフタームはのんびり羽を伸ばせる休暇だ。どんどん長くなる列の後方に、小泉の姿もある。

「小泉先生、シティ方面かヒースロー空港へいらっしゃるなら、ご一緒しませんか。バスでお送りしますよ」

「ああ……、車を呼んでいますから、お気遣いなく。ありがとう」

「いいえ。では、休み明けにまた」

小泉に会釈をして、遥人は宿舎を出た。どことなく、彼の顔色が悪かった気がして、エントランスからロビーの方を振り返る。でも、教員たちの列に紛れてしまい、彼の姿はもう見えなかった。

「どうしたんです、相良先生」

「小泉先生が、少し元気がないみたいで。いつも物静かな人ですけど、体調でも悪いのかな」

「――この時期に暗い顔をしているのは、評価表の結果が悪かったのかもしれませんよ」

「え？」

「たまに見かけるんですよ、ハーフタームやクリスマス休暇前に、意気消沈している教員を。優秀なプロフェッサー・コイズミと言えど、生徒たちはシビアに評価しますからね」

「もしそうなら、心配ですね……。休み明けには元気になっていてくれるといいな」

小泉のことを気にしながら、遥人はブラウンと学内のバスターミナルに向かった。乗り場がいくつもあるロータリーに、クラブ活動の遠征や学外研修で生徒たちが移動するための、専用バスが停まっている。

まるで日本の団体旅行のように、『剣道クラブ』のロゴの入った小旗を振って、チャン兄弟の弟のアンディが、道場の見学希望者たちを誘導していた。剣道クラブの発起人の彼は、そのまま代表を務めることになった。

「遥人先生、ブラウン先生、こっちだよー」

「ご苦労様、アンディ君。みんな揃いましたか？」

「うん。先生たちが最後だよ。飛び入りの生徒もいるから、三十席のバスが満杯になりそう」

「盛況だね。道場側のご迷惑にならないように、上級生は下級生によく目を配って」

「はーい」

いい返事をしたアンディと、ブラウンとともにバスに乗り込んで、セント・パウエル校を出発する。目的地のブルームスベリーは、有名な大英博物館があるロンドンの文教地区で、セント・パウエル校とも関係が深い。遥人が留学していた大学のキャンパスも付近にあり、変わらない静かな街並みが懐かしかった。

ブルームスベリーにある道場は、元はアジアの武道を研究するために建てられたものらしく、一棟のビルの館内には、剣道の他に柔道、空手、太極拳など、様々な武道ができる施設を備えていた。

「床の板が硬いね。先生、本物の剣道は冬でも裸足でするの？」

「練習生が頭につけているのはカブト？　重たそうだ」

道場の見学中、生徒たちの初心者そのものの質問がおもしろくて、遥人はつい笑ってしまった。それでも、乱取りの稽古や、試合形式の稽古になると、独特の緊張感にみんな息を呑んで見入っている。

（――アッシュを初めて稽古に連れて来た時と、同じ反応だ。生徒たちには、剣道の勇ましさだけじゃなく、礼儀や所作にも注目してもらいたいな）

遥人の期待通り、一時間ほどの見学を終えた後、生徒たちは口々に、礼に始まり礼に終わる剣道に共感してくれた。剣道をヨーロッパの騎士道と比較する生徒も多くて、好奇心と探究心が旺盛な彼らの中には、それをレポートに纏めたいという生徒もいた。

「遥人先生、今日はとても楽しかった」

「早く僕たちも竹刀を持って練習したいね。用具を揃えなくちゃ」

声を弾ませた生徒たちが、帰りのバスに乗り込んでいく。剣道クラブの第一回目の本格的な活動は、こうして無事に終了した。学校への引率は副顧問のブラウンに任せて、遥人は道場に居残り、責任者と練習場所のレンタルの相談をした。

（当分はこの道場に生徒を通わせることになる。学内に道場を望むのは、さすがに贅沢《ぜいたく》かな）

いくら教育環境の整ったセント・パウエル校でも、叶わないことはある。遥人は相談を終えると、すぐに学校へは戻らずに、懐かしいブルームスベリーの街を歩いた。

ＵＣＬに留学中に、友人たちとよく入り浸っていたカフェ。昼寝をするのに最適だった公園。大学の休みとセント・パウエル校の休みが合う時は、アシュリーにねだられてよくこの街で一緒に過ごした。二人の待ち合わせの場所は、ＵＣＬの学生たちが贔屓《ひいき》にしていた古書店だ。

「メープル・ストリートの路地を少し入ったところにあったはず――。あ…っ、ここだ」

思い出に引き寄せられるように、古書店の看板を見つけて、遥人はつい嬉しくなった。ここで待っている時、アシュリーは何食わぬ顔で大学生のふりをして、難しい哲学書を開いていた。

「店の中もあの頃のままだ。哲学書が置いてあったのは、確か端の棚の奥だった」

記憶を辿《たど》りながら、天井まで書籍で埋まった店内を歩く。すると、昔見た光景と重なるようにして、哲学書のコーナーに、アシュリーが立っていた。

（……嘘……っ）

一瞬、時間が巻き戻ったのかと思った。眩暈のような錯覚の向こうで、遥人に気付いた彼が、七年前の面影を残した笑顔を浮かべる。

「ハル。ここにいれば、きっとあなたが立ち寄ると思っていたよ」

あの頃、読めない単語もあった本を、重たそうにしてめくっていたアシュリー。七年の時間が過ぎて、スーツ姿の彼が、似たような哲学書を立ち読みしている。――どきん、と大きく跳ねた鼓動が、遥人を我に返した。メールも電話も無視してアシュリーを避けていたくせに、彼の姿を見ただけで胸が痛い。

「どうして、君が。こんなところで、いったい何を」

「あなたに会いに来たんだよ。近くの道場で見学をしていたんだろう？　ハルが連絡を絶とうとしても、あなたの情報はすぐに手に入る。生徒たちの楽しそうな噂話を聞けば簡単だ」

「アッシュ――」

「この書店は何一つ変わっていないね。埃臭《ほこりくさ》くて薄暗い、秘密基地のようだ」

ふ、とほろ苦い顔をしてから、アシュリーは立ち読みしていた本を手に、レジのあるカウンターに並んだ。

「そんなに難しい哲学書を、買って帰るの？」

「ああ。ハーフタームの長い夜は、読書をして過ごすのが定番だろう。この分厚さだ、眠くなったら枕にもできる」

「本に悪いよ、アッシュ」

カウンターにいた書店の店主が、不機嫌そうな顔でじろりとアシュリーを睨んでいる。いたずらを見付かった子供のように、二人で急いで店を出てから、ばつの悪い顔を見合わせた。

「絶対に君のことを怒っていたよ、あのご主人」

「ハルとよく待ち合わせをしていた頃もそうだった。立ち読みをしていると、必ず後ろで咳払いをされるんだ」

「知らなかった。言ってくれれば待ち合わせ場所を変えたのに」

「いいや。あの書店は、ＵＣＬの学生客ばかりだったから。私もハルの仲間になれた気がして、あそこで待っているのが好きだったよ」

通り沿いの街路樹の下を歩きながら、アシュリーが少し遠い瞳をして打ち明ける。十五歳と二十歳だった頃に見た風景を背に、今とは違う満ち足りた記憶を二人で辿るのは、ひどく切ない思いがした。

「ハル、今からリージェンツパークまで散歩をしようか。オックスフォード・ストリートでショッピングをするのもいい。あの頃のように、どこへでもあなたを案内するよ」

本当に、あの頃と同じように過ごすことを、アシュリーは望んでいるのだろうか。思い出が温かなほど、遥人の胸の奥は、罪悪感の冷たい刃に切り刻まれていく。アシュリーと思い出を語る資格はない、そんなことは許されないと、自分で分かっているからだ。

「僕はこれから宿舎に戻って、仕事をする予定なんだ。休み明けの講座の準備をしたい。評価表の成績を下げる訳にはいかないから」

もっともらしいことを言って、自分の方からアシュリーを遠ざける。でも、彼は遥人の言葉を真正面から受け取った。

「ハルなら何の心配もない。生徒と学校側の期待に、高いレベルで応えている。教育者になることは、きっとあなたの運命だったんだ。ハルの最初の教え子の、私には分かるよ」

「アッシュ。確かに僕は、君の家庭教師だったけど、君の先生だと名乗ることはできない」

「何故？」

「七年前に、僕は君を傷付けた。君のためだと言いながら、教育者として残酷なことをしたんだ。君は僕のことを、絶対に許せないはずだよ。君が……どうして自分から僕に会おうとするのか、よく分からない」

「こうしてそばにいないと、ハルはすぐにどこかへ行ってしまう。嘘つきなあなたに、私は二度と置き去りにされたくないんだ」

秋の匂いがする十月の風が、街路樹の葉を揺らしながら、二人の間を吹き抜けた。

七年経っても、けして消えない罪が、遥人を雁字搦《がんじがら》めにする。言い訳をすることも、抗うこともできずに、遥人はただアシュリーの隣を歩くしかなかった。

通りを進むたびに、だんだんと擦れ違う人の数が減っていく。無言でいることがつらくなって、遥人はアシュリーの横顔を見上げた。

「僕の知らない通りだ。どこへ向かっているの？」

「黙ってついておいで。今日はしばらく会えなかった埋め合わせをしてもらう」

そう囁くなり、アシュリーは遥人の肩を抱き寄せた。服に指が食い込むほど、彼の力は強くて、簡単には振り払えない。

「アッシュ、離して。自分で歩けるよ…っ」

「静かに。通りの向こうに停まっている黒いベントレーまで、このまままっすぐ進むんだ」

言われるままに通りの向こうを見ると、確かに黒い高級車が駐車してある。何故だか、アシュリーの声が切迫したものに変わった。

「急いで。さっきから、変な視線を感じる。誰かが後をつけている気配がする」

「え…っ？　誰」

七年前にも、アシュリーと一緒にいたところを不良グループに追われ、裏通りで取り囲まれたことがあった。

　思わず辺りを見回そうとした遥人を、アシュリーはいっそう強く抱き寄せて止めた。

「見てはいけない。気付かないふりをして、足だけを動かして。大丈夫、何も心配いらないよ。前はハルが剣道で助けてくれたから、今度は私があなたを守る」

「アッシュ、あの時のことを覚えているの――？」

「ハルと過ごしたことで、覚えていないことは一つもないよ」

　どきん、とまた遥人の鼓動が大きく響く。肩を抱き寄せたまま、アシュリーは遥人を車まで促した。助手席のドアを開け、遥人を先に座らせると、彼も素早く運転席に乗り込む。

　瞬く間に走り始めたベントレーの車内から、遥人は元いた通りを注意深く見やった。でも、二人を追い駆けてくるような不審者は、どこにもいなかった。

「アッシュ、変な人はいないみたいだよ。君の気のせいだったんじゃ……」

「そう。それはよかった」

　運転席から大きな手が伸びてきて、遥人の手を握り締めた。びっくりして震えた指先ごと、アシュリーの掌の中へと包み込まれる。

「捕まえた。案外あなたも、騙されやすいんだね」

　運転席と助手席の間のコンソールに、繋いだままの手を置いて、アシュリーは不敵に微笑んだ。フロントガラスを見つめている彼の表情を見て、遥人は、はっとした。

「まさかアッシュ、さっきのは、嘘？」

「――ああ」

「どうして……っ。騙して僕を驚かせて、ひどいじゃないか」

「この程度の嘘、あなたに比べればかわいいものだよ。こうでもしなければ、ハルは私の車に乗ってくれないだろう？」

「また暴漢がいるのかと思って、本気で心配したのに。降ろしてくれないか、アッシュ。宿舎に帰る」

「駄目だ。どこへも帰さない」

コンソールから遥人の手を引き寄せて、逃げようと暴れるそれに、アシュリーは唇を落とした。手の甲に感じた唇の柔らかさが、遥人に否応なくこの間のキスを思い出させる。

「い…っ、嫌だ……っ、離しなさい、アッシュ」

「あまり暴れると、事故を起こすよ。私はあなたと一緒に天国に行けるなら、このまま前を走る車に追突してもかまわないけど」

「馬鹿なことを言うのはやめろ――！」

「私を黙らせたかったら、ハルももう、逃げるのは諦めて。この間食事をした時に、あなたと一番にデートをする場所を決めていたんだ。私とドライブをしよう」

「アッシュ、僕を困らせないでくれ。ドライブなんて、いったいどこへ……っ」

「ハルもよく知っている場所だよ」

ゆっくりと遥人の手を離して、アシュリーはハンドルを切った。彼の意図を読み取れないまま、車はロンドンの北郊へ繋がる道路を走っている。

アシュリーとドライブをする気はない。信号で停車したら降りればいい。そう思うのに、遥人の体はシートに埋もれて、少しも動かすことができなかった。

（僕は、この景色を何度も目にしたことがある）

交差点をいくつも過ぎるうちに、大都市ロンドンの摩天楼《まてんろう》から、少しずつ郊外の田舎《いなか》の街並みへと変わっていく景色。時間が経つごとに、灰色のビルばかりだったフロントガラスの向こうの色合いが、鮮やかな自然の緑に占められていく。

（アッシュ。もしかして、君が行こうとしているのは……）

道路沿いに現れた、地名の書かれた案内標識を見て、遥人は確信した。アシュリーがハンドルを操る先に、彼の父親ジェラルド伯爵の持ち物である、広大な領地を誇るカントリーハウスがある。

二頭のサラブレッドを育てていた厩舎と、乗馬服を着て駆けた領地の中の湖。七年前、週末が来るたびにアシュリーとカントリーハウスで過ごしたことを、遥人は車の揺れに眩暈を覚えながら、思い出していた。

ブルームスベリーから、二時間以上も車を走らせた、ロンドン北郊のなだらかな丘陵地。代々の当主が所有してきた、ジェラルド伯爵家の古城を、最後に目にしたのはいつだっただろうか。アシュリーの父の代になって、カントリーハウスという名に変わっても、領地の近隣に暮らす人々は、石造りのこの建物のことを『ジェラルド城』と呼ぶ。

「ようこそ、我が館へ。ハルをまたここに招待できて嬉しい」

アシュリーが開けてくれた助手席のドアから、遥人は車停めの屋根の下の、石畳のアプローチに降り立った。湿気に慣れた日本人には、ロンドンの都心のやや乾いた空気よりも、森や湖の水分が融け込んだこの場所の空気の方が肌に合う。

(風が柔らかい。懐かしいこの館にも、もう来ることはないと思っていた)

車に乗っている間は、後悔すら感じていたのに、思い出深い古城をこうして目にすると、郷愁ばかりが湧いてくる。

遥人がそうなることを見越して、アシュリーはここへ連れて来たのだろうか。だとしたら、彼はとてもずるい人だ。

「お帰りなさいませ、旦那様」

「ああ、ただいま。懐かしい客人に挨拶を」

「遥人さん、お久しゅうございます。執事のメイヤーでございます」

「メイヤーさん——、ごぶさたしています。お元気そうですね」

「遥人さんも。家庭教師をされていた頃とお変わりのないご様子、安心いたしました。どうぞお寛ぎくださいませ」

車停めからエントランスに向かって、執事やメイドがずらりと並び、アシュリーと遥人へ礼をする。その多くが七年前にも遥人によくしてくれた、ジェラルド家に長く仕えている使用人たちだった。

「久しぶりに来ても、この館は芸術作品のように綺麗だ。歴史のある門構えも、ここで働いている人たちも、昔のままだ」

「変わっていなくて驚いた？　ハルと毎週末にここへ来ていた頃から、増えたものは一つもないんだ」

「……まるで、減ったものはあるみたいな口ぶりだね」

「中に入ってみれば、すぐに気付くよ」

七年前と同じ、緋《ひ》色の絨毯を敷いた玄関ホールが、遥人を出迎える。応接用のリビングに通されて、見覚えのある猫脚のソファに腰を落ち着けた。遥人がここに座っていると、決まって尻尾《しっぽ》を振りながら駆け寄ってきた、ゴールデンレトリバーの姿が見えない。

「アッシュ、君と君の妹たちがかわいがっていたチャールズは？」

「ここにはもういないんだ。チャールズは今、父様と母様のもとで暮らしている」

「メイフェアのタウンハウスだね。留学中はあそこで、伯爵と奥様に本当にお世話になった」

「ハルがゲストルームを使っていたメイフェアの家は、フラットとして貸し出しているよ。人気物件で順番待ちが出ているほどだ」

「え？」

フラットとは、英国では一般的な賃貸マンションのことだ。所有している邸宅を貸し出して、不動産収入を得ている貴族は多くいる。遥人が英国を離れた七年の間に、ジェラルド家の暮らしは大きく変化していた。

「父様は一年ほど前に体を壊してね、気候の温暖な南の島の別邸で、母様の看護を受けながら静養しているんだ」

「伯爵が――。そんなにお悪いのか？」

「心配はいらない。綺麗な空気と水のおかげで、体調は随分よくなっているから」

「……回復に向かっているなら、よかった。ごめん、僕は何も知らなくて」

「二人とも向こうの暮らしがすっかり気に入ったらしい。当分は英国に戻らないつもりのようだ」

「君の妹たちは？　エイミーとスーザンも、この館で過ごすのが好きだった。二人ともだいぶ大きくなっているだろう」

「妹たちは、共学のパブリック・スクールで寄宿生活をしているよ。彼女らの学校もちょうどハーフタームで、父様のところへ見舞いに行くと言っていた」

「会いたかったな、あの子たちに。僕のことは覚えていないかもしれないけど」

家庭教師だった遥人に、とてもよく懐いていたアシュリーの妹たち。あどけなくて、飼い犬のレトリバーよりも小さかった二人も、今はきっと美人なレディになっているはずだ。

「ハルのことも、ハルが教えてくれた日本語も、妹たちは忘れていない。ただ、ハルが突然いなくなったことがショックで、あの頃はしばらく塞ぎ込んでいた」

「そんな――」

「家族同然に慕っていた人が、さよならも言わずに目の前から消えてしまったんだ。妹たちに今度会った時は、たくさん頭を撫でてやってほしい」

「アッシュ、あの子たちに会うことを許してもらえるとは、思っていない。二人が元気にしているんなら、それでいいんだ」

「元気だよ、とても。――元気過ぎるから、きっとハルの取り合いになると思って、実は妹たちには、あなたが英国に戻ってきたことを言っていないんだ」

「え……？」

「言っていたら、妹たちもここへ会いに来ているだろう。でも、私はハルと二人きりで過ごしたかったから」

「アッシュ……」

「我《わ》が儘《まま》は承知の上だ。ハーフタームが終わるまで、あなたを誰にも会わせないし、どこへも行かせない」

「僕をここへ閉じ込めるつもりなのか」

「そうだよ。教員宿舎には外泊の連絡をしておいたから。ここを自分の家のように使ってくれてかまわない」

家じゃない。――ここは牢獄《ろうごく》だ。

手回しのいいアシュリーに、遥人は戦《おのの》きながらも、従うしかなかった。自分のせいで傷付けてしまった彼に、できるなら償いがしたい。七年前と変わらない、時が止まったように見えるこの牢獄で、アシュリーに断罪されるのならそれでもかまわなかった。

「――失礼いたします。遥人様のお部屋の支度が整っております。お運びする荷物などはございませんか？」

「あ……、いいえ、僕は何も」

泊まる用意を何もしてこなかった遥人は、声をかけてくれた執事へと首を振った。荷物らしい荷物は、財布やスケジュール帳を入れた小さな鞄だけだ。

「メイヤー、ハルに紅茶を。私には少しブランデーを入れてくれ」

「かしこまりました。旦那様、先程会社の方々がみえられて、サロンの方でお待ちになっておられます。こちらへお通しいたしましょうか」

「困った連中だな。この館に仕事は持ち込むなと、再三言っているのに」

「秘書の方が、急ぎ取り次いでくれとの仰《おお》せです。旦那様の決済をお求めだとか」

「仕方ない。お前はハルを案内して差し上げろ。——ハル、先に仕事を済ませてくる。後であなたの部屋に伺うよ」

「う……、うん。……行ってらっしゃい」

アシュリーは頷くと、一人でリビングから出て行った。

颯爽《さっそう》とした彼のスーツの背中は、ビジネスマンそのもので、アカデミックなセント・パウエル校の理事長とは、また違う雰囲気を醸し出している。

「メイヤーさん、彼は理事長の他に、仕事を持っているんですか？　確かお父様のジェラルド伯爵が、貿易や海運の事業を興していたはずだけど……」

「左様でございます。アシュリー様は事業をお継ぎになられて、現在は多くのグループ企業を束ねる持ち株会社のトップに立っておられます」

「ジェラルド伯爵は、アッシュを正式な後継者にしたんですね」

「伯爵はお体を悪くされてすぐに、今後のことをご心配されて、事業と財産のほとんどをアシュリー様へ託されたのです。このカントリーハウスの主人も、現在はアシュリー様でございます」

「――そうか、だからメイヤーさんは、彼のことを『旦那様』と呼んでいるんだ」

「ええ。お小さい頃からアシュリー様のお世話をしてきた私どもにとっては、そうお呼びするのは何とも誇らしく、胸の躍る思いでございます」

にこりと微笑む執事の言葉に、嘘はないのだろう。彼を含めた使用人たちが、昔からアシュリーを大切にしていたことは、遥人も知っている。

二十二歳の若さで、実業家と理事長の二つの顔を持つまでになったアシュリーのことを、遥人だけが知らない。自分が姿を消した後の、七年間の彼を、今ようやく垣間見《かいまみ》ているところなのだ。

「遥人さん、お部屋へご案内いたします。こちらへどうぞ」

リビングからの移動中、開放的な館内の廊下を、窓から射《さ》し込んでくる陽光が照らしていた。明るい庭に向けて張り出している、アトリウムのようなガラス張りのサロンから、ビジネスのやり取りをする賑やかな声が聞こえてくる。

(……アッシュ……、君のそういう姿は、初めて見る)

書類やタブレットを手に、秘書たちと真剣に言葉を交わしているアシュリー。ビジネスの内容は遥人にはよく分からなくても、彼がたおやかな貴族とは一線を画す、切れ者の実業家であることはすぐに分かる。秘書たちが彼に向ける、心酔するような瞳の輝きも、遥人の想像が正しいことを物語っていた。

（昔から君には、人の上に立つ大きな器があった。だからこそジェラルド伯爵は、君に全てを託したくて、君の汚点にしかならない僕を遠ざけたんだ）

ジェラルド伯爵の、父親として当然の愛情を知っていながら、アシュリーと再会してしまった自分は罪深い。そのくせ、成長した彼の姿は眩しくて、——眩し過ぎて、目が勝手に追ってしまう。

（七年前に分かり切っていたことだ。アッシュは僕と住む世界が違う）

彼と自分を、対等な人間だと思ったことはなかった。どんなに親しくしていても、少年だったアシュリーが慕ってくれても、自分たちには越えてはいけないラインがある、と。

でも、遥人は七年前にそのラインを越えてしまった。未来の伯爵と家庭教師。自分の立場を忘れて、十五歳のアシュリーに遥人は魅《ひ》かれた。初恋だった。

もうとっくに過去へ追いやったはずの想い。どうしてそれが、今になって鮮明に胸に迫ってくるんだろう。誰にも言えなかった、誰にも許されなかった初恋の残滓《ざんし》が、この場所にはまだ色濃く残っている。

（いけない。あの頃の気持ちを思い出してしまう。この場所を捨てて、何のために日本へ帰ったのか、もう一度よく考えろ）

七年前の自分を責め、泣き出したい思いで、遥人は唇を噛み締めた。

アシュリーと秘書たちの話し声が響くサロンから、廊下の柱に身を隠すようにして離れる。

自分の部屋へ案内されてからも、長い間封じ込めていた恋の罪の重みに、胸の奥が痛んで仕方なかった。

ただの身分違いならまだいい。アシュリーと同じ貴族に生まれなかった自分を呪《のろ》えば、それでよかった。でも、十五歳の少年に抱いた初恋は、禁忌でしかない。背徳的な想いに後先も考えずに飛び込めるほど、遥人は愚か者ではなかった。

「紅茶をお淹れいたしますね。旦那様をお待ちいただく間、よろしければそちらをお召し上がりください」

「……ありがとう、メイヤーさん。せっかくだけれど、少し疲れてしまって、何も喉を通りそうにないんだ」

ソファセットのテーブルの上には、フィンガーフードの軽食や、綺麗にカットされたフルーツが並べられている。でも、食欲は少しも湧いてこなかった。

「それはいけません。どうぞ奥の寝室でお休みください。すぐにお着替えを用意いたしますね」

執事が開けたクローゼットには、ジャケットやスラックスをはじめ下着にいたるまで、服が何着も揃えられていた。アシュリーのものにしては、サイズが随分小さい。

「こちらにあるものは、どうぞご自由にお使いください。足りないものがあればすぐに手配いたします」

「これ、もしかして、僕の服ですか」

「ええ。遥人さんをこの館へお迎えするからと、旦那様がご自身でお揃えになっていました。あんなに楽しそうにしていらした旦那様を見たのは、随分と久しぶりです」

「僕のために、アッシュが――」

驚いて声を震わせた遥人へと、執事が柔らかなリネンのナイトウェアを手渡す。自分のために、これもアシュリーが用意してくれたのだと思うと、簡単に袖を通せない。

執事を下がらせた遥人は、上着だけを脱いで、寝室のベッドに寝転んだ。陽《ひ》の匂いのする、極上の羽根の寝具。柔らかなそれに埋もれながら、まるで深い海の底へ沈んでいくように手足を弛緩《しかん》させる。

（アッシュ、どうして僕に優しくするんだ。もっと僕を恨んで、憎んでくれないと、僕は君に許してもらえるかもしれないって、勘違いをしてしまう）

浅ましい望みを抱いた自分を、遥人は嫌悪した。永遠の別れになることを覚悟して、アシュリーと離れて過ごした七年の時間は、いったい何だったんだろう。

遥人が寝返りを打つと、着ることができなかったナイトウェアが、ベッドの上からぱさりと落ちた。拾おうと床へ手を伸ばす前に、急激な疲労感に襲われて、そのまま気を失うように瞼を閉じる。

（アッシュ。……アッシュ）

執事や秘書を従え、伯爵への道を歩んでいる彼。理事長として生徒たちに慕われる彼。立派な紳士になったアシュリーの姿が、瞼の裏側に焼き付いて離れない。再会してからずっと、どうしようもないほど彼に囚《とら》われている。十五歳のたおやかな少年だった彼よりも強く、抗ってももがいても搦め捕られて、二十二歳の彼の前にねじ伏せられる。

気付きたくない。

どうしてアシュリーに逆らえないのか。どうして彼の意のまま、このカントリーハウスへ来てしまったのか。ベッドシーツの匂いまで、夜通し二人で本を読んだ思い出を呼び覚ます、満ち足りた場所。どこまでも幸福で、どこまでも甘い、七年前の夢の世界に戻りたがっている。自分の心の奥底にある、嘘のない想いに気付きたくない。

「……っ」

つ、と頬をなぞられた気がして、遥人は瞬きをした。少し眠っていたのかもしれない。意識だけが先に覚醒して、体はまだ重たく、シーツに沈んでいる。

「ハル。お昼寝から起きた？」

とても優しい声が聞こえた。ずっと前にも聞いたことがあるような、懐かしい響きだ。もっとその声を聞きたくて、耳が勝手に鼓膜を震わせる。

「……アッシュ……」

遥人の頬をなぞっていた指が、こめかみを伝って、寝癖のついた髪を撫でた。はっきりと瞼を開けると、頭上から覗き込んでいるアシュリーと目が合う。

「遠出をしたから、疲れたんだろう。このまま横になっていて」

スタンドの明かりだけがついた寝室は薄暗く、レースのカーテンの向こうの窓には、細い三日月が浮かんでいる。遥人が思った以上に、昼寝の時刻をとっくに過ぎて、時計の針は進んでいたらしい。ふわりと揮発したワインの香りに誘われて、ベッドサイドを見ると、飲みかけのボトルとグラスを置いたテーブルがあった。

「あなたも飲む？」

「――ううん、いい」

「紅茶にしようか。寝覚めのお砂糖はいくつ」

「何も、いらない」

そう、と呟いてから、アシュリーはボトルを手にした。

静かにおかわりのワインを注ぐ音。グラスの底がテーブルを擦る、小さな響き。ベッドに横たわったままの遥人を見下ろしながら、彼はワインを一口飲む。

会話がうまく続かなかったのは、互いの距離を探り合っているからだ。カントリーハウスの夜はとても静かで、僅かな息遣いの変化まで、意味のあることに思えてしまう。こほ、と遥人は一度咳払いをして、眠る前の乱れていた心に蓋《ふた》をした。

「アッシュ、お酒を飲んでいてもいいの？　仕事の方は、もう終わったのか？」

「ああ。書類のチェックだけだったから。すぐに秘書たちを帰らせて、この部屋を覗いたら、ハルが休んでいた。あなたの寝顔を肴《さかな》にして、ずっと飲んでいたんだ」

「そんな肴、おもしろくないだろう。起こしてくれたらよかったのに」

「……ハルの眠りを邪魔することなんて、できないよ。それに、寝顔が昔と同じで嬉しかったから」

「え？」

アシュリーはベッドの足元から、分厚い本のようなものを持ち上げた。彼に写真の並んだ中身を見せられて、それがアルバムだと気付く。

「ハルが家庭教師をしていた頃の写真だ。——ほら、妹たちと一緒に、芝生の上で気持ちよさそうに眠っている」

「本当だ……。こんな写真を撮られていたなんて、知らなかった」

ベッドから体を起こすと、遥人の膝の上にアルバムが載せられた。寝顔の写真を指差していたアシュリーが、二十歳の遥人の頰に、その指を置いた。

「大切なあなたの思い出だ。一瞬だって逃したくない」

遥人の胸のどこかから、きゅ、と引き絞られるような音がする。写真の数だけ積み重なった、アシュリーと過ごした時間。形のいい唇で、甘い言葉を囁きながら、アシュリーは遥人を見た。

「あなたの写真は、数え切れないくらいたくさんあるよ。時々こうして、ワインやブランデーを飲みながら、アルバムの中のハルを見ていたんだ。写真でしか、あなたに会えなかったから」

「アッシュ――」

またただ。また、遥人の胸の奥から切ない音が聞こえる。アルバムのページをめくる彼の指が、遥人の視界の中で霞《かす》んでいく。

自分を裏切り、写真だけを残して消えた人間に、アシュリーは七年間どんな眼差しを注いでいたのだろう。失われた時間を取り戻したいように、アシュリーは遥人のそばを離れない。じっと彼のことを見つめていると、遥人の視線を掠め取るようにして、碧い眼差しが迫ってきた。

「見て、ハル。この館にある、一番古いハルの写真だ」

「……え……？」

遥人は自分の目を疑った。アシュリーがアルバムから抜き取った一枚の写真に、彼の家庭教師をしていた頃よりも、ずっと前の遥人が写っている。

「これ、小学生の時の、僕？　どうしてこんな古い写真を、君が持っているの……っ？」

「私たちが出会う前に、ハルのお父さんから、私の父様に贈られた写真だ。お互いの家族の写真を、二人は友情のしるしに交換したんだよ」

昔、英国と日本の間で行われたスポーツと文化の交流事業をきっかけに、事業の主宰者だったジェラルド伯爵と、道場主で日本を代表する剣士でもあった遥人の父親は親しくなった。友人どうしの二人が写真を交換していたことを、遥人はこの時まで知らなかった。

「父様は、私にこの写真を見せて、『日本にいるお前の友達だよ』と言った。この時からずっと、私はハルに会いたいと願っていた」

「僕が、英国へ留学するよりも、ずっと前に？」

「ああ」

アルバムに添えていた遥人の手に、アシュリーは大きな掌を重ねた。は、と手を引っ込めようとしても、指ごと深く包み込まれて、逃げられない。

「ハル。ハルが私のことを知らない頃から、あなたは私の、特別な人だった」

水中で聞く音のように、アシュリーの声が鈍く響く。エコーのかかったその声を打ち消したくて、遥人は首を振った。

「……アッシュ、僕は特別なんかじゃない。僕はただの」

「裏切り者だ」

言おうとしていた言葉を、アシュリーに奪われる。裏切り者。裏切り者。ぐるぐると頭の奥に響く彼の声は、遥人を責めていた。

「ハル、私はあなたにとって、どうでもいい存在だったのか？」

「違う――、それは違う、アッシュ」

「私はあなたのことを大切にしていた。何枚写真を撮っても、足りないくらい、私はいつでもあなたのことを感じていたかった」

「裏切り者の僕に、どうしてそんなことを言うの。君と作った思い出を、僕は台無しにした。こんな写真、何枚あっても、僕の罪を消すことはできない。君に謝ることもできない――！」

遥人は力の限りでアシュリーの手を振り払い、ベッドを下りた。ふらつきながら寝室を横切り、三日月を透かしたベランダの窓を開ける。

凍《こご》えるような夜の風に吹かれて、自分の罪が洗い流せるならいい。裸足《はだし》のままでベランダの床を踏み締め、悔恨の涙が溢れる前に、遥人は顔を両手で覆った。

「ハル」

背中越しの呼び声に、遥人は答えなかった。

「七年前、あなたが裏切ったアッシュは、あなたのことが大好きだったよ」

遥人の中で、時間が無理矢理過去へと遡《さかのぼ》っていく。

十五歳のアシュリーに、まっすぐな恋を告げられるたび、遥人は逃げていた。固く閉ざそうとする心をこじ開けられて、とめどなく注ぎ込まれたのは、暴力にも等しい想いだ。

「あなたに好きになってほしくて、日本語を覚えて、家族の誰よりもあなたを独り占めした」

「やめて……。……昔のことは、何も聞きたくない……っ」

「ハル、もう嘘をつかなくてもいいだろう！」

あの頃と同じ、少年の一途さを宿して、アシュリーは叫んだ。

慟哭《どうこく》のようなそれが遥人の胸を貫き、隠し通した真実を曝け出させる。

「教えて、ハル。あなたは何故、私を置き去りにしたんだ」

「君を、僕から、守りたかったから。——家庭教師の僕が、君に抱いた想いは、許されないことだったから」

零れ落ちた涙とともに、アシュリーに懺悔《ざんげ》する。裏切り者の心の中に息づいていたのは、七年経っても色褪せない、初恋の人への想いだった。

「アッシュ、許して」

飲み込もうとした言葉が、意思に抗い、遥人の唇を戦慄かす。いけない、と、声を封じようとしても駄目だ。もう嘘はつけない。アシュリーに伝えずにはいられない。

「僕は今も、君が好きだ。僕はずっと、君のことだけを、愛していた」

「……ハル……」

堰を切ったように溢れ出した涙が、頰から顎へと流れ落ちて、遥人の裸足の爪先《つまさき》を濡らしていく。好きだ。好きだ。震える唇で告げるたび、三日月の淡い明かりが溶けた涙を、翼のように広がる影が覆い隠した。

「あなたのその言葉を、長い間、待っていたよ」

染み入るような呟きとともに、芯《しん》まで冷え切っていた遥人の体を、温かな何かが包み込む。

潤んだ瞳に映ったのは、夜の色にとてもよく似た、濃いグレーのガウンだった。

「アッシュ、これ――」

「教員用のガウンだ。ハルにあげる」

「……どうして……」

「私の大切な恋人に、風邪をひかせたくない」

ひく、と子供のように喉をしゃくり上げて、遥人はまた涙ぐんだ。大切な恋人。今夢を見ているのなら、覚めたくない。

優しいアシュリーの手が、背中を向けたままだった遥人を振り向かせる。甘い匂いのする彼の胸へと、遥人は焦がれるように泣き顔を埋《うず》めた。

「ハル、こっちを向いて。やっと本当のことを言ってくれた、あなたの顔を見せて」

吐息のような、掠れた声で呼んでから、アシュリーは遥人の体を抱き締めた。ガウンごと包み込んでくれる彼を、遥人も夢中で抱き返す。

「アッシュ、……アッシュ。僕のことを、恨んでいないの。僕は君に、嘘をついて、ひどいことばかりした」

「私はハルのことを、恨んだことも、憎んだこともない。あなたの恋人になりたかっただけ」

「アッシュ、僕は、これからも君を好きでいていいの――？」

頷いてくれたアシュリーが、いとおしそうに遥人の髪を撫でた。

あとからあとから伝い落ちていく涙を、遥人はもう見なかった。アシュリーの服に染み込んでいく、七年前の遥人の罪。自分ではけして許せなかった恋を、アシュリーが許し、受け止めてくれる。

「好きだよ。ハル。ずっとこの日を信じていた。ハルが望んだ紳士になって、この館であなたを抱き締めるのを」

「……アッシュ……」

「お帰りなさい。あなたを待ち侘《わ》びていた恋人に、どうかキスをして」

頬を差し出してくるアシュリーに、ただいまのキスを捧《ささ》げる。少年だった彼と数え切れないほど交わした親愛のキス。戦慄きの止まらない唇に、紳士になった彼の唇が柔らかく触れて、遥人を溶かしていく。

「ハル……」

「ん……っ、……ふ……、んぅ……っ」

頭の中を真っ白にして、遥人はアシュリーのキスをただ感じた。瞬く間に混ざり合っていく、二人分の息遣い。ひときわ熱い舌に唇を割り開かれて、くちゅ、と口腔で奏でられた水音が、七年前の自分たちとの決別の合図だった。

「……んん…っ、アッシュ――、んっ、く」

アシュリーの舌先が、遥人の喉奥の方まで忍んできて、僅かな躊躇いを奪う。口腔をいっぱいにする熱と水音に、遥人は気を失ってしまいそうだった。

舌の付け根をなぞられ、吸われて、そこがひどく弱いことを知る。ぞくぞくと粟立《あわだ》つ背中を、ガラスの窓へと預けて、遥人は何度もキスを捧げた。

夜のベランダの冷気も、まだ泣き止めない涙も、キスの水音に紛れて忘れていく。唇を甘噛みされ、感じた遥人は、びくん、と大きく体を跳ねさせて、アシュリーの服の襟《えり》を摑んだ。

「あ…ん、んん……っ」

「かわいい。ハル。もっとキスをしたい」

唇の隙間を、そろりとアシュリーの舌先が這う。遥人の頷きに歓喜したそれが、敏感な粘膜を何度も往復して、蕩《とろ》けた声を上げさせた。

「は…っ、んぅ……、あ、んっ、んっ、ふ……っんん……っ、ん――」

本能のように、自分からも舌を絡ませ、アシュリーと熱を分け合う。

ずっと、こうしたかった。長い間、自分の想いに背中を向けて、彼のためだと身を引いたつもりになって、心を偽っていた。置き去りにした恋を抱えたまま、一人で待っていてくれたアシュリーに、真実の想いをもう一度告げる。

「君が好き――」

七年分の孤独の痛みを搔き集めるように、遥人はアシュリーを強く抱き締めて、キスに溺れた。

夢中で遥人の舌を奪い、唇をもみくちゃにしているアシュリーは、伯爵の身分を約束された貴族でも、名門パブリック・スクールの理事長でも、実業家でもない。初恋の成就に体じゅうで酔いしれている、いとおしいアッシュ。——遥人の初めての教え子だった。

5

ハーフタームの休みが終わり、セント・パウエル校にまた生徒と教員たちの賑《にぎ》やかな声が溢《あふ》れるようになった。解放感に包まれていたハーフタームの前と比べて、厳しい寮生活が始まった生徒たちの顔は、少し億劫《おっくう》そうだ。アシュリーのカントリーハウスから戻った遥人《はると》にも、校舎と宿舎を往復する忙しい毎日が待っていた。

「――ミスター。ミスター・サガラ、サムライ・ハルト先生」

生徒たちが芝生《しばふ》の上で思い思いに過ごしている、中庭の景色をぼうっと見ていた遥人の肩を、誰かが揺らす。急にぶれた視界にびっくりして、遥人は間の抜けた声を上げた。

「あ…っ、は、はいっ」

「顧問会のカンファレンス、終了しましたよ。他の先生方はもう退室されたようなので、施錠させてもらえますか」

会議室の片付けをしに来た職員が、申し訳なさそうな顔をしている。数分前まで満員だったはずの室内は、がらんとして静まり返っていた。

「えっ？　わっ、本当だ。すみません！」

生徒が参加しているクラブの顧問たちは、月に一回のペースで学校側に活動報告をする義務がある。剣道クラブが発足して初めての顧問会だったのに、遥人は少しも集中できなくて、自分の報告を済ませた後は上《うわ》の空で過ごしてしまった。

（よくないな、こういうことは。反省しなきゃ）

会議室を出た後、歩きながら溜息《ためいき》をついていると、スラックスのポケットの奥で携帯電話がぶるぶると震え出す。反省中の遥人を蕩《とろ》けさせて、教員の顔をできなくさせる、初恋の相手からの着信だった。

「――はい。相良《さがら》です」

『ハル。声を聞くのは三日ぶりだね。元気にしていた？』

耳をくすぐる日本語の響きに、ほんの一瞬、気が遠くなる。自分が教えたその穏やかなイントネーションを、今ほどいとおしいと思ったことはなかった。

「アッシュ、私的な用件の電話は駄目だよ。君も僕も仕事中の時間だ」

『でも、電話に出てくれると信じていたよ。ハルの声が聞きたかったから、連絡をしてみてよかった』

「もう……。仕方のない人だな、君は」

くす、と電話口で微笑《ほほえ》むアシュリーは、きっと遥人が連絡のつく時間帯だったことを知っている。顧問会のスケジュールを含めて、この学校に関することで、理事長のアシュリーが知らないことは何一つないからだ。

何もかも承知の上で、甘えたことを言う彼に、ずるいと思いながら遥人はくらくらさせられた。今日はこの後、授業がなくてよかった。勉強熱心で真面目《まじめ》な生徒たちに、こんなに緊張感のない、緩《ゆる》み切った顔を見せる訳にはいかない。

『週末の予定を空《あ》けておいて。クイーンズ・ストリートに知人が開いているレストランがあるんだ。あなたを招待したい』

「今度の週末？　ちょっと待ってて」

アシュリーに誘われて、ごく自然にスケジュール帳を開いてしまう自分に呆《あき》れた。彼に再会したばかりの頃なら、きっと断ることができたはずなのに、恋を隠せなくなった遥人に自制は利《き》かなかった。

「剣道クラブの稽古《けいこ》や、宿舎の先生たちとの会合があるから、土曜の夜なら、空いてる」

『分かった。十九時に待ち合わせよう。いつものあの場所で』

「いつものって……」

『七年前はそう言って待ち合わせをしていただろう？』

「――うん。ブルームスベリーのあの古書店だね。じゃあ、そこで」

くすぐったい気持ちで、遥人は通話を切った。携帯電話をポケットに戻し、静かな廊下の壁に背中を預けて、溜息をつく。

（今度からは、学校にいる時間は電話を取らないって、アッシュに言っておこう）

ひんやりとしている壁が、急激に上がった体温を鎮めてくれる。アシュリーから連絡があるたびに、こんなにどきどきしていたら、いつか心臓が壊れてしまいそうだ。

ハーフタームの蜜月《みつげつ》の日々は、あの時だけの夢じゃなかった。七年前の罪を許してくれたアシュリーは、遥人を加速度的に恋へ染めていく。彼のせいで際限なくペースを上げる鼓動を、どうしていいのか分からない。

遥人は悩ましい溜息をもう一度ついて、アシュリーに贈られたガウンの裾《すそ》を揺らしながら歩き出した。校舎の中央階段を下りていると、踊り場にいた生徒たちに声をかけられる。

「こんにちは、遥人先生」

「こんにちは」

「先生、今度剣道クラブの練習を見学しに行ってもいいですか？」

「ええ。見学希望は大歓迎ですよ」

「俺も俺も。サムライ・ハルトの本物の剣道を見たいな」

「今度の金曜日に、ブルームスベリーにあるスポーツ推進会館の道場で稽古をします。詳しい情報は剣道クラブのSNSか、クラブ代表のサウザンライツ寮のアンディ・チャン君に尋ねてみてください」

「分かりました。ありがとうございます」

二人連れの生徒の喜んでいる様子を見て、遥人も嬉《うれ》しくなった。

サムライ・ハルトと呼ばれることには、いつまで経《た》っても慣れそうにない。でも、生徒たちの努力で発足した剣道クラブを、顧問として陰でサポートしていくのは、とてもやり甲斐《がい》のある仕事だった。

（さっきの子たちも、クラブに入会してくれるといいな。人数がもっと増えたら、校内で剣道場を開けないか、学校側に相談してみよう）

大きな夢を膨《ふく》らませながら、遥人は宿舎へと戻った。自分の部屋の小さなキッチンで、紅茶を淹《い》れるお湯を沸かしている間に、メールボックスに届いていた郵便物をチェックする。日本からのハガキが何通かと、封書が一通。セント・パウエル校の校章が透かし彫りされたその封筒は、学校関係者や生徒だけが使っているものだ。

「誰だろう。僕の講座の生徒かな。また剣道クラブの見学希望者だったら嬉しいな――」

遥人のもとには、講座の感想や意見を書いた生徒からの手紙が、以前からよく届く。縦書きの日本語に挑戦しているものも多くて、特に低学年の生徒たちが、覚えたての漢字を駆使して寄越《よこ》す手紙は微笑ましい。

差出人名のなかったその封筒に、遥人はペーパーナイフを滑らせた。中に入っていた便箋《びんせん》も、校章がプリントされた馴染《なじ》みのものだった。

『親愛なるサムライ・ハルト。私は、日本から来て間もないうちに、学校のヒーローになったあなたのことを、尊敬しています』

生徒だろうか。英文で書かれたファンレターのような内容を読んで、つい面映《おもは》ゆくなる。頬《ほお》を赤くしながら、遥人は二枚目の便箋をめくった。

『サムライ・ハルト、初めてのセント・パウエル校のハーフタームは、有意義に過ごせましたか？　ヒーローにも休息は必要だ。羽を休めに、景観のいいロンドン北郊へのドライブをお勧めします』

はらり、と、便箋の間から何かが落ちる。床へと舞ったそれを拾おうとして、遥人はふと、手を止めた。

「どうして、こんなものが――」

なだらかな丘陵地の風景と、そこに建つ壮麗な古城を写した、一枚のスナップ写真。単なる偶然だろうか。手紙の相手が同封していたのは、遥人がこの間まで滞在していた、アシュリーのカントリーハウスの写真だった。

あの館《やかた》の近隣は、自然に恵まれた景勝地になっていて、多くのロンドン市民がバカンスや行楽のためにやって来る。手紙の相手も、同じように遊びに来て、この写真を撮ったのかもしれない。

「手紙の中にも、リターンアドレスがない。いったい誰だろう」

つい最近撮られたものに見える、木々の紅葉が目立つ写真。遥人は名もない差出人のことが気にかかって、シュン、シュン、とキッチンでやかんがうるさい音を立て始めるまで、紅茶を淹れることを忘れていた。

「――ハル？　ナイフとフォークが止まっているよ。この前菜は気に入らなかった？」

土曜日の夜の賑わいを見せる、高級レストランの店内。爽《さわ》やかなフルーツのソースを纏《まと》った、白身魚のマリネを盛った皿の向こう側で、アシュリーが小首を傾《かし》げている。食事のマナーを忘れそうなほど、二人きりで過ごすディナータイムを心待ちにしていたことは、彼には内緒だ。

「こんなに素敵なレストランに誘ってもらったから、気後れしているんだよ。タイを締めて来てよかった」

「ここのオーナーシェフは私の知人だ。たとえ私たちがジーンズを穿《は》いていても、笑って許してくれるよ」

「君がそんな不作法をするとは思えないけど。……僕が留学していた頃には、なかったお店だね。ＵＣＬからの帰り道、何度かこの近くで、君におやつのお土産《みやげ》を買ったのを覚えてる」

「懐かしい。あの頃の私は、早く大人になって、ハルと今夜のようにデートをすることばかり思い描いていたよ」

十五歳だった彼にとっては、随分背伸びをした願いだったに違いない。七年の時間の流れを、遥人が前菜と一緒に噛《か》み締めていると、すっかり陽《ひ》の落ちた窓の外の通りに、煌《きら》びやかなイルミネーションが点《とも》った。

「あ……、今日からもう、クイーンズ・ストリートはクリスマスモードなんだ。十一月に入ったばかりなのに、相変わらず、ロンドンの街は気が早いね」

「暗く長い冬の季節の、一番の楽しみだから。ハルの宿舎の枕元にも、早々に靴下を飾っておくといい。クリスマスまで毎日プレゼントが届くかもしれないよ」

「もうプレゼントをもらえる歳《とし》じゃないよ、アッシュ」

くす、と自嘲《じちょう》的に微笑むと、アシュリーは遥人よりも柔らかな微笑みを返してきた。

「あなたのサンタは、プレゼントができるチャンスをいつでも窺《うかが》っているというのに。前にメイフェアの私の家で、ハルと一緒にツリーの飾り付けをしたね」

「うん……。本物のモミの木のツリーは初めてだった。東京の僕の家でも、毎年ツリーを出していたけど、作り物の木だったよ」

「思い出した。ハルがツリーの頂上に星のオーナメントを飾ろうとして、手が届かなくて、私が手伝ったらすごく怒られたんだ」

恥ずかしい過去の思い出なんて、忘れてほしいのに。テーブルに運ばれてきたメインディッシュの仔牛《こうし》のパイ包みに、さくりとナイフを入れながら、遥人は言い訳をした。

「あれは、君にチビだとからかわれたと思って、悔しかったんだよ。君の方が僕よりもずっと背が高かったから」

「体が大きいだけの子供だよ。いつも思慮深くて落ち着いていたハルは、とても大人に見えた。あなたに初恋を覚えたあの頃、背伸びをしていたのは、私の方だ」

点滅するイルミネーションの明かりに、遥人の鼓動が、とくん、とくん、と混ざり合う。七年前よりも深い恋を宿した、情熱的な眼差《まなざ》しをして、アシュリーはワイングラスを掲げた。

「あの頃にはできなかった乾杯だ。今夜はあなたと、何度でもグラスを交わしたい」

「アッシュ……」

「もう背伸びをしなくても、私はハルをデートに誘える。これは、あなたと恋人になれた祝杯なんだ。ボトルを空《から》にするまで付き合って」

どうしよう。鼓動が激しく、うるさく鳴って、アシュリーの笑顔も、上品なレストランの光景も、視界の向こうに霞《かす》んでいく。

二人でゆっくりボトルを空けて、アシュリーの友人のオーナーシェフにデザートのサーヴを受けてから、ディナーを終えた。宿舎に帰る気にはなれなくて、夜の街を彩るイルミネーションに誘われるように、クイーンズ・ストリートを二人で散策する。

「クリスマスショップがある。星のオーナメントを買おう、ハル」

通り沿いにある、季節店のクリスマスショップには、見ているだけで楽しいオーナメントがたくさん売られている。ほろ酔いのアシュリーが、銀色の大きな星を手に取った。

「校舎の私の執務室に、ツリーを置く予定なんだ。またハルと一緒に飾り付けがしたい」

「楽しそうだね。でも、私的な用で理事長の執務室へ顔を出すのは、気が引けるよ」

「それなら正式にあなたを呼び出そうか。『ミスター・サガラ、あなたの査定のことで、理事長から重大な話がある』というのはどう？」

「査定は怖いよ、アッシュ。もう、意地悪だな」

「あなたが素直に、執務室に来てくれれば何の問題もない。今度のデートは、二人でツリーの飾り付けをしよう。約束だよ」

「……うん」

クリスマスショップを出た後、コートの袖《そで》で隠すようにしながら、アシュリーが小指を遥人の小指に絡めてくる。遥人が日本式の指切りをアシュリーに教えたのは、ずっと前だ。こんな小さなことまで、彼は覚えていてくれた。

「指切りをした約束は、絶対に破ってはいけないんだったね、ハル」

細い路地へと歩いていくアシュリーが、小指を離さないまま、そう囁《ささや》く。指先から伝わってくる温《ぬく》もりに促されるように、遥人は小さく頷《うなず》いた。

「七年前、ハルが私に紳士になれと約束させた時、指切りをしなかった。もししていたら、あなたは日本に帰らずに、ずっと私のそばにいてくれたのかな」

「アッシュ、それは――」

たとえ指切りをしていても、七年前の遥人の帰国は、決まっていたことだった。アシュリーの将来のために、彼の父親のジェラルド伯爵に、永遠に身を引いてくれと懇願されて、遥人もそれに賛同したからだ。

(ジェラルド伯爵。僕はあなたとの約束を破って、アッシュと再会した。あなたが禁じた恋を、僕は止めることができなかった)

ジェラルド伯爵と、遥人の間で交わされた七年前の約束を、きっとアシュリーは知らない。知っていたら、家族思いのアシュリーは父親の願いを汲《く》んで、遥人と再会しようとは思わなかっただろう。

す、と遥人の胸の奥に入り込んでくる冷たいものは、晩秋のロンドンの夜の冷気ではなかった。七年前とは違う罪の意識が、この恋に夢中になってはいけないと、遥人に歯止めをかけようとする。

「ハル。今何を考えているの?」

「……君のことを考えているよ」

「嘘《うそ》つき。私と一緒にいる時は、私のこと以外は考えないで」

歩みを止めたアシュリーが、独占欲を隠そうともしないで、遥人の体を引き寄せる。は、と気付いた瞬間にはもう、唇を彼に奪われていた。

「ん……、ん」

誰が来るともしれない路地裏で、キスをするなんて間違っている。抗《あらが》おうとした遥人を抱き締めて、アシュリーは熱い舌を唇に抉《こ》じ入れてきた。

「駄目だ、こんなところで、離して——。は……っ、んく……っ」

「ハル——好きだよ。私に不作法をさせるのはあなただけだ」

「……ん…っ、アッシュ、……んん……っ、ふ……」

捕らえられた口腔《こうこう》の震えに負けて、遥人は抗いをやめ、キスに溺《おぼ》れた。頭の中にあったジェラルド伯爵の顔も、彼と交わした約束も、アシュリーの熱い吐息に掻《か》き消される。

イルミネーションの明かりも届かない路地裏に、二人で奏でる水音が落ちていく。それは、冬を控えたロンドンの街にもうすぐ降り出す、雪の音よりもずっと激しい、恋の音だ。

（アッシュ、このキスを、やめたくない。僕は、君のことを、愛している）

固く瞼《まぶた》を閉じた遥人に、路地裏の風景は見えない。キスに蕩かされながら、逞《たくま》しいアシュリーのコートの背中を、遥人は抱き返した。

彼のことの他には、何も考えたくない。せめて、このキスが終わるまでは。

そう願いながら奏でる水音は、とても長く続いた。まるで二人だけが別の世界へ隔てられたような、かけがえのない時間だった。

ロンドンの街中が気の早いクリスマスシーズンを迎えると、郊外にあるセント・パウエル校にもその余波がやってくる。学校のシンボルである礼拝堂から、聖歌隊の澄んだ歌声が響き渡り、校門には特製のリースが飾られる。盛大なパーティーの準備を進めているのは、生徒総長のルカや寮長のレオたちをリーダーにした、クリスマスイベントの実行委員会の面々だ。

生徒も教員も総出でツリーを設置したり、パーティーの出し物を考えたりするのは、どことなく日本の学校の文化祭に雰囲気が似ている。イベントの前になると、決まって学校じゅうがうきうきそわそわし始めるのも、日本と同じだった。

「相良先生、モールの端をもっと引っ張って——あっ、そうです、その位置でちょうどよさそう」

「ここでいいですか？　じゃあ、固定しますね」

脚立の上から手を伸ばして、遥人は教員宿舎の玄関ロビーの天井に、金色のモールの束を取り付けた。そのモールは放射状に広がるようになっていて、簡素なロビーをきらきらと華やかな空間に瞬時に変えてくれる。イベント好きの生徒たちに負けないくらい、この学校の教員たちも、協力して楽しいことをするのが大好きなのだ。

「相良先生、次は各部屋のリースの取り付けを手伝ってもらえますか？」

「あ、はい。じゃあ、上の階から順に回りましょう」

剣道クラブの副顧問のブラウンと、大きな袋に入ったリースを半分ずつ持って、階段を上がる。ヒイラギの葉や松ぼっくりでできているそれは、毎年工芸クラブの生徒たちが手作りしているらしい。

教員たちの部屋を回って、ドアにリースを飾っていく。二階の角にある、小泉《こいずみ》の部屋のドアの向こうは、しんとしていた。

「――小泉先生は、ハーフタームが終わってからも、学校に戻られていませんね」

「体調不良だと聞いているけど、本当のところは、どうなのかな。相良先生に連絡はないんですか？」

「はい、一度も。休み前に元気がなかったから、心配です」

ハーフタームを境に、宿舎から姿を消した教員は、小泉以外に三人いる。その三人は全員、評価表で最低点の『E』の結果が出てしまったために、学校側から解雇されたのだ。

「やっぱり、プロッフェッサー・コイズミも解雇されたという噂《うわさ》は、本当かもしれませんね。元々シャイで、生徒の人気も高い方ではないし」

「そうなんですか？　とても優秀な先生なのに」

「優秀な学者が、優秀な教員になれるとは限りません。相良先生のように、最初から生徒たらいです」

ちに慕われる人は、この学校では珍しいんですよ。私だってサムライ・ハルトが羨《うらや》ましいく

「そんな、僕は特に何も……」

「世界のエリート層の子弟ばかり集まったここの生徒は、本質を見抜く目に優れています。謙遜《けんそん》は不要ですよ、相良先生」

同僚のブラウンに手放しで褒《ほ》められて、遥人は気恥ずかしかった。小泉の部屋のドアにもリースを飾り、彼がここへ戻ってこられるように心の中で祈る。

（数少ない、同じ日本人の先生だ。小泉先生が何か悩んでいるのなら、力になりたい）

この学校が教員の評価に厳しくても、仲間が解雇されてしまうのは悲しいことだ。宿舎で暮らすみんなと一緒に、楽しいクリスマスを迎えたかった。

「生徒たちとのクリスマスパーティーが終わったら、我々にはまた評価表が配られます。お互い胃の痛い思いをしないように、気を引き締めないと」

「そうですね。でも、リースを手に宿舎を回っている僕たちがそれを言っても、全然説得力がないですよ」

「ごもっとも」

宿舎全体の飾り付けが終わると、教員たちで手分けして、大量に出たゴミを焼却炉へと運ぶ。レトロなブリキの煙突から出る煙と、歴史のある学内の建物とが混ざった、どこか牧歌

的な風景を眺めてから、遥人は自分の部屋に戻った。

朝からあちこち動き回っていたせいで、ジャージの下はたくさん汗をかいている。今日はこれから、理事長の執務室へ赴いて、アシュリーと二人でツリーを飾る約束をしているのに、こんなに汚れた格好では申し訳ない。

シャワーを浴びる用意をするついでに、いつものように、メールボックスを覗《のぞ》いてみる。すると、封書が一通届いていた。セント・パウエル校の校章の透かし彫りが入った、見慣れた封筒の中に、写真が数枚入っている。

「何だ……これ」

遥人の瞳が、驚愕《きょうがく》で揺れた。写真を取り出した指先が、無意識に震え始める。

クイーンズ・ストリートに建つ、高級レストランを撮った写真。通りからシャッターを切ったそれには、瀟洒《しょうしゃ》な窓の向こうで食事をする、遥人とアシュリーが写り込んでいる。

それだけじゃない。クリスマスショップで買い物をしている二人や、路地裏へと並んで歩いていく後ろ姿、ズームアップした指切り、そして、キスを交わした瞬間。数日前の遥人とアシュリーの行動を、写真は克明に写し取っていた。

「……っ！」

体じゅうが、ぞっとするような寒気に包まれた。遥人の指先から写真が零《こぼ》れ、掠《かす》れた音を立てて床に散らばっていく。

『残念です、サムライ・ハルト。セント・パウエル校のヒーローは、汚らわしい異端者だったのですね』

キスの写真の裏側に、そんな文章が書かれているのを見つけて、遥人は息を呑《の》んだ。

汚らわしい異端者――。アシュリーとの七年越しの恋が、刃《やいば》のように残酷な言葉で傷付けられる。秘密でなければならなかったキスを、誰かが覗き見し、写真に撮って暴き立てたのだ。

（全部、見られていたんだ。いったい、誰が？　何のためにこんな写真を……っ）

得体の知れない不安を感じながら、遥人は写真と封筒をくまなく確かめた。でも、文章が書かれていたのはその一枚だけで、当然のように差出人の名前はない。

「……まさか、あの手紙も……？」

似たような匿名の封書が、以前にも届いたことを思い出して、遥人はライティングデスクの抽斗《ひきだし》を開けた。

保管していた郵便物の束の中から、アシュリーのカントリーハウスの写真が同封されていた不審な手紙を探し出して、キスの写真に書かれた文章と見比べてみる。

「筆跡が似てる。僕たちのことを、誰かがずっと監視していたんだ。全然気付かなかった。アッシュの館にまで来ていたなんて――」

顔の見えない相手の不気味さが、遥人の背筋を凍らせる恐怖に変わっていくまで、時間はかからなかった。隠し撮りをした上に、わざわざその写真を送り付けてくるなんて、普通じゃない。相手は明らかに、遥人とアシュリーに対して悪意を持っている。

(アッシュ、僕たちのことを、知られてしまった)

それは、遥人が最も恐れていたことだった。七年の時間を乗り越えて、自分たちが必死で辿《たど》り着いた恋を、周囲の人々は受け入れてはくれない。秘密が前提の恋は、ひとたび暴かれてしまったら、脆《もろ》く崩れ去るのを待つだけだ。

どんなに純粋な想いで繋《つな》がっていても、遥人とアシュリーの関係は、醜聞にしかならない。

(僕は何を言われてもいい。誰に責められても平気だ。でも……っ、アッシュは、僕とのことが知られたら、全てを失ってしまう)

彼の理事長の立場も、実業家としての地位も、伯爵家の誉《ほま》れも、絶対に失わせたくなかった。何より、アシュリー・ジェラルドという唯一無二の存在が、悪意に傷付けられ、貶《おとし》められてしまうのが、遥人は怖かった。

遥人は冷え切った手で携帯電話を摑《つか》むと、アシュリーの番号を呼び出した。耳元で鳴ったコール音までが、鉛のように冷たく重く聞こえる。

『ハル？　もう宿舎の飾り付けは終わったのか？』

普段通りの、穏やかなアシュリーの声が鼓膜に響いて、遥人は泣き出しそうになった。彼のこの声が、ほんの少しでも失意で乱れることになったら、耐えられない。

「アッシュ、すぐに、君に会いたい。君に相談したいことがあるんだ」

『私もあなたに会いたい。今日は執務室でデートをする約束だよ。早くおいで』

電話を握り締めたまま、ぶるぶるっ、と遥人は首を振った。執務室でアシュリーと二人でいるところを、隠し撮りされるかもしれない。写真を送り付けてきた相手は、きっと今もどこかから監視しているはずだ。

「ごめん……アッシュ、場所を変えたい。礼拝堂で会おう。急いで行くから、そこで待っていて」

理事長と教員が会っていても、何の問題もない場所を指定して、遥人は通話を切った。汗で重たくなった服を着替え、悪意に満ちた写真をジャケットの内ポケットに隠してから、部屋を出る。

宿舎から礼拝堂までの広い敷地の中を、遥人は周りを気にしながら、早足で歩いた。木立を抜ける風の音や、芝の上で遊ぶ小鳥の羽ばたきにまで、びくっ、と肩を震わせてしまう。

(あの封筒や便箋は、ここの教員か生徒たちしか使わない。学校の中に、悪意を持った人間が潜んでいるんだ)

礼拝堂のエントランスにあたる、石像の泉の水面《みなも》に、不安げな遥人の姿が映っている。噴水の波紋で崩れていく自分の姿を、見ないふりをして、入り口のアーチをくぐる。礼拝の日にはいつも聖歌隊の歌声が溢れる建物の中に、アシュリーがいた。

（アッシュ……）

整然と並んだ会衆席のベンチで、十字架に向かい、両手を組んでいる彼。敬虔《けいけん》な彼の横顔こそが、神様のように神々しいと言ったら、叱《しか》られるだろうか。異端者と吐き捨てられた自分たちの恋は、アシュリーが祈りを捧《ささ》げる十字架に背く行為だ。写真を撮られても恐れずに済む恋なら、遥人の心臓は、こんなにも激しく脈打たなかった。

遥人は足音を立てないようにして、そっとベンチに腰を下ろした。祈りを中断したアシュリーが、二席分ほど体を離して座った遥人のことを、不思議そうな瞳《ひとみ》で見ている。

「ハル、どうして？　私の隣に座ってほしい」

「――アッシュ、いえ、アシュリー理事長、どうかこのまま、聞いてください」

彼に敬語を使いながら、遥人はポケットに入れていた写真を取り出した。空席の真ん中にそれを置いて、アシュリー以外には聞こえない小さな声で囁く。

「僕のところに、さっき送られてきました。差出人の名前は分かりません」

アシュリーの指先が、写真に触れる音がする。彼に見せずに、捨てた方がよかったのかもしれない。隠し撮りをされていたことを知ったら、遥人と同じだけのショックを、彼も受けるはずだ。

でも、遥人の予想は違っていた。写真をめくっていたアシュリーは、キスシーンを写した一枚に目を止めて、くすりと微笑んだ。

「路地裏の暗い場所だったのに、よく撮れている」

「理事長、何を笑っているんですか……っ」

「敬語はやめなさい。この写真が何か？　あなたがわざわざ場所を変えて、私に相談したいことがあると言ったのは、このことなのか？」

「どうして君は、平然としているんだ。こんなものを撮られて、もしも学校じゅうに僕たちのことが知られたら、どうなるか」

「問題ない。私はハルが許してくれるなら、誰に知られてもかまわない」

「アッシュ――！」

遥人の声が、半円形の礼拝堂の天井に反響している。し、と唇の前で人差し指を立てながら、アシュリーはもう片方の手で、写真を自分の上着のポケットに収めた。

「これは私が処分しておく。ハルを不安にさせるものは、私が全部消してあげるよ。行こう、ハル。この間クイーンズ・ストリートで買った星のオーナメントを、執務室のツリーに飾ろう」

腕を掴んで、ベンチから立たせようとする彼を、遥人は拒んだ。今この瞬間も、どこかからカメラを向けられている気がして、背中に汗が噴き出してくる。

「アッシュ、待って。誰かが僕たちを見張っているんだ。僕に近寄ってはいけない」

「写真なんか何枚でも撮らせてやればいい。陰で卑怯《ひきょう》なことをする人間に、私たちが屈することはないよ」

「駄目だ。もっと自分の立場を考えなさい。理事長の君の地位が、危うくなるかもしれないんだ」

「何を恐れているの？　あなたを失うこと以外に、私は何も怖くない」

「……アッシュ……っ」

やるせない想いで、首を振ろうとした遥人を、アシュリーは強い眼差しで止めた。怒りとは違う、静謐《せいひつ》な光を湛《たた》えた彼の瞳が、揺れ動く遥人の瞳をまっすぐに捕らえる。

「ハル。私たちの恋は過ちじゃない。たとえ誰が責めたとしても、私はあなたのことを、離さないよ」

迷いのないアシュリーの言葉が、反対に遥人の胸を搔き乱した。自分が危機に瀕《ひん》していることを、恋に溺れた彼は、分かっていない。アシュリーをそうさせたのは、彼への想いを捨て切れずに、同じ恋に身を投げてしまった、遥人のせいだ。

突き付けられた残酷な現実が、遥人に目を覚ませと言っている。お前が見た恋の夢を、夢のままで終わらせろ、と。お前は心のどこかで、こうなることに気付いていたんだろう、と言っている。

「アッシュ、お願いだから、分かって。君はただの教員の僕とは違うんだ。君には失えないものがたくさんある。こんな……っ、こんなことで、僕は君の名を傷付けられたくない」

「傷付いたりしない。私を踏み躙《にじ》ることができるのは、あなただけだ。七年前についたあなたの嘘のように、私の心を引き裂けるのは、ハルだけ」

「アッシュ、あの時のことを償いたい。だから、今は僕の言う通りにして。僕たちは一緒にいちゃいけない。……こんな風に二人で会うのは、もうよそう」

「ハル――」

「よく聞いて。君には、どんな小さな汚点があってもいけないんだ。君は伯爵の家柄を背負った、特別な人なんだから…！　僕は、君のことを守りたい。君のために、僕ができることは何でもする」

「私のため？　私はそんなもの望んでいない。嘘つきなあなたが、勝手なことを言うな！」

嵐のように遥人を掻き抱《いだ》いて、アシュリーが唇を奪っていく。逃げることも、拒むことも許さないと言いたげに、遥人の呼吸を一瞬で塞《ふさ》いで、何も考えられなくさせていく。

「ん…っ、う……！　んん――！」

今までアシュリーと交わした、どのキスよりも、激しいキスだった。舌で舌を掻き回す、熱情の迸《ほとばし》るような水音が、礼拝堂に響く。息ができなくなって喘《あえ》いだ遥人の喉《のど》を、まるで縊《くび》るようにアシュリーの掌《てのひら》が覆い、赤い指の痕《あと》を残していく。

彼のことしか考えたくない。このキスに夢中になって、後先のない恋に二人で堕《お》ちたい。人が人を好きになることを、いったい誰が咎《とが》められる？　礼拝堂の十字架でさえも、恋をした自分たちを静かに見下ろし、沈黙しているというのに。

「ハル、愛している」

濡《ぬ》れた水音とともに、唇が解《ほど》け、アシュリーの呟《つぶや》きが零れる。キスの熱から醒《さ》めていくとともに、遥人は我に返った。

「……ア……シュ……」

「ごめん。声を荒げてしまった。あなたが私を突き放そうとするのは、私がまだ、紳士になり切れていないからだろう?」

アシュリーほどの紳士を、遥人は知らない。初恋を恐れなかったかつての少年は、誰よりも立派な大人になって、遥人の前に現れた。

彼にはこれからも、恵まれた眩《まぶ》しい人生が待っている。アシュリー・ジェラルド——将来伯爵として歩んでいく彼の道は、曇りのない正道でなくてはならない。七年前にも、まったく同じことを、遥人は思った。

「ハル、ツリーを飾って、二人でクリスマスの準備をしよう。今年のクリスマス休暇は、予定を全部空けてある。あなたと二人で、行きたいところがあるんだ」

「どこ、へ、行くの」

「——英国より少し、南の島。静養をしている父様《とうさま》や、私の家族たちに、あなたのことを恋人だと紹介したい」

どくん、と遥人の左胸が脈打った。心臓を深く突き刺す楔《くさび》のように、七年前の、アシュリーの父親の言葉が蘇《よみがえ》る。

『アシュリーのために、君の方から永遠に、身を引いてくれないか』

『無礼を承知で言う。私は父親として、あの子に正しい道を歩ませたい。伯爵家の長男を、間違った恋に走らせる訳にはいかないのだ』

――これは罰だ。キスの写真が学校じゅうにばら撒《ま》かれ、異端者と糾弾され、辱《はずかし》められるアシュリーの姿が思い浮かぶ。七年前の約束を守らなかった遥人へ、重い罰が下された。

（アッシュ、君のお父さんは、僕たちのことを、絶対に許さない）

アシュリーの腕に抱き締められながら、遥人は込み上げてくる感情に、唇を噛んで耐えた。でも、彼の腕の力が強くなるごとに、我慢ができなくなって瞳を潤《うる》ませる。

（好きだ。アッシュ、僕は、君が子供の頃から、君のことが、大好きだったよ）

家庭教師だった遥人が、十五歳のアシュリーを裏切り、この英国に置き去りにした理由。アシュリーの将来に足枷《あしかせ》になるものは、たとえ自分だろうと全て排除する。七年前に交わしたジェラルド伯爵との約束を、今度こそ本当に、果たす時がやって来たのだ。

「ハル、何故《なぜ》泣いているの」

「君のことが……好きだから……」

「――また嘘をついたね」

「神様に、お祈りをする場所で、嘘なんか、つかない」

好き。その想いだけが、遥人に許された真実だ。たった一度の初恋に誓う。アシュリーのためにつく嘘を、けして恐れない。

「ハル」

とても甘い声で呼びながら、アシュリーは唇で、遥人の涙を掬《すく》い取った。

「一緒に父様のところへ行こう。南の島は、ハルもきっと気に入る。真冬でも暖かな白いビーチを歩けるんだ」

「うん。――うん、アッシュ。クリスマス休暇を、僕は毎日、楽しみに待つよ。でも、それまでは、二人で会うのは控えよう」

「あんな写真を恐れているの？」

「顔の見えない相手は気を付けた方がいい。冷静に考えたら、分かることだよ、アッシュ。イエスの返事を聞かせて」

「……イエス。クリスマス休暇までは、あなたに従う。約束だ」

遥人の背中を滑り降りたアシュリーの右手が、指切りをする小指を探している。彼にその指を攫《さら》われる前に、遥人はそっと、体を離した。

「僕は宿舎に戻る。君も、自分の執務室へ帰りなさい」

「ハル――送っていくよ」

「一人で大丈夫。君の方から、先に出て。僕は少しだけ、お祈りをしていくから」

「分かった。ハル、宿舎まで気を付けて」

涙の痕の残った遥人の頬を、優しく撫《な》でてから、アシュリーは礼拝堂を出て行った。

出入り口の扉の向こうへ消えていく、彼の大きな背中。雄々《おお》しく成長したその後ろ姿を、いつまでも見ていたい。

「アッシュ。ごめん。君を守りたいから、僕はもう一度嘘をつく」

いとおしい彼を傷付けると分かっていて、日本に帰った七年前。あの時と同じことが、今の自分にできないはずはない。

「さようなら、マイロード。今度こそ永遠に」

崩れ落ちるようにベンチへ体を預け、洗礼を受けてもいないくせに、遥人は両手を組んだ。

嘘をついた人間が、聖なる十字架に向かって祈るなんて、滑稽《こっけい》だ。でも、遥人は固く組んだ両手に額《ひたい》を押し当てて、罪深い恋をした自分に許しを乞うことを、止められなかった。

6

遥人のもとに、アシュリーとの隠し撮りの写真が届いた翌日。書き上げるのに一晩かかった退職願の書類を携えて、遥人はサミュエル校長の執務室を訪ねた。

「考え直しませんか、ミスター・サガラ。まだ赴任して三ヶ月も経っていない。何故そう退職を急ぐのです」

「申し訳ありません。一身上の都合としか、理由はご説明できません」

「あなたのことを慕う生徒は多い。剣道クラブの顧問に就くなど、あなた自身も当校によく馴染んでらっしゃったと、私は思っているのですがね」

「――いえ、私は力不足な教員でした。剣道クラブは副顧問のブラウン先生に、後のことをお願いするつもりです。ご期待に副《そ》えず、すみません、サミュエル校長」

テーブルに置いた書類を前に、遥人は深く頭を下げた。自分が無責任なことをしているのは分かっている。でも、教員の矜持《きょうじ》よりも、遥人にはもっと守りたいものがあった。

「ミスター・サガラ、ご存知でしょうが、姉妹校からの交換派遣期間中の退職は、即除籍に繋がります。つまり、日本に帰国をしても、あなたが籍を置く藤ヶ丘星凌《ふじがおかせいりょう》学園には戻れないということです」

「分かっています。そういう契約だと、こちらへ赴任した時に、理事長から念を押されましたから」

遥人の胸に、つきん、と小さな痛みが走る。礼拝堂でキスを奪ったアシュリー。あれから一晩経っても、嵐のようだった彼の唇の余韻が、遥人の唇に残っている。あのキスが最後のキスになったとしても、後悔はしない。

「あなたを当校へ招聘《しょうへい》したのは、理事長本人です。慰留を求めても、あなたのお気持ちは変わりませんか？」

「はい。変わりません。クリスマス休暇までに、全ての講座を締めくくって、そのまま帰国する予定です」

「――理事長には何と説明します。彼の落胆が目に見えるようだ」

「サミュエル校長、そのことでお願いがあります。私が退職することを、理事長にも、生徒たちにも、伏せておいてください」

「何ですって……？」

「学内のクリスマスムードを壊したくありません。誰にも知られずに、静かにこの学校を去りたいんです。どうかお願いします」

例えば幻のように、気付いた時にはいなくなっている、そんな去り方がいい。

昨日、アシュリーについた嘘を実行するために、遥人は苦い表情をしている校長へと、もう一度頭を下げた。

セント・パウエル校には、ロンドンの街よりも、クリスマスが少し早く到来する。十二月の半ばから翌年一月の半ばまで、冬休みにあたるクリスマス休暇に入るため、全ての学校行事を休暇前に済ませるからだ。

銀色のモールを飾った教室の窓の外を、白い雪が舞っている。全生徒を収容できる大講堂で、クリスマスパーティーが開かれる今日。この日をセント・パウエル校の教員でいる最後の日と決めていた遥人は、朝に礼拝を済ませた生徒たちの顔を見渡して、いつもと同じように微笑んだ。

「――それでは、今日のテキストを開いて。竹久夢二《たけひさゆめじ》作『クリスマスの贈物《おくりもの》』。キリスト教の伝来とともに、クリスマスの習慣も日本に入ってきましたが、大衆化したのは明治、大正期です。往時の芸術家夢二の遺《のこ》した童話から、日本のクリスマス文化を紐解《ひもと》きましょう」

数枚のプリントに収まる長さの、短編の童話は、低学年のクラスの授業にちょうどいい。

盛大なパーティーを午後に控え、クリスマスというキーワードに敏感な生徒たちは、授業が始まってからも、遥人の席を囲んでじゃれてきた。

「先生、僕知ってるよ。日本のクリスマスは恋人と一緒にフライドチキンを食べて、プレゼント交換をするんだ」

「違うよ、ホテルのレストランでプロポーズをするんだよ。ね？」

「確かにそういう人たちもいるけど、君たちくらいの子供がいる家庭では、家族で集まってごちそうやケーキを食べるのが一般的かな」

「礼拝には行かないの？　あっ、ジンジャでお祈りをするんでしょう。サムライらしくキモノを着て、手をパン、パンって」

「それは初詣《はつもうで》というんだよ。神社にお参りに行くのは、ニューイヤーの習慣だ。前年の幸せを神様に感謝し、新年を迎えたことをお祝いする意味がある」

「ゴーン、って、やたら低い鐘の音を鳴らすのは？　テレビで見たことある」

「除夜の鐘だね。人間が持つ百八つの煩悩《ぼんのう》を断つために、ニューイヤーイブに、同じ数だけお寺の鐘を鳴らす。仏教に則《のっと》った行事だ」

「先生……だんだん頭が混乱してきた……！」

「サムライ・ハルト、日本のクリスマス休暇は大忙しだね！」

暖かな教室を、生徒たちの笑い声が包み込む。日本人のおおらかな宗教観も、独特の文化の一つとして受け止めてくれたらしい。

（僕は、この学校の生徒たちに出会えて、嬉しかった。セント・パウエル校の教員になれて

よかったと、心から思ってる)

　日本の姉妹校からやって来た、新任教師の遥人を、生徒たちはサムライと呼んで慕ってくれた。この学校の一員になれた、あのキングスブレス寮での歓迎会の出来事を、きっとこれから先も忘れない。

「休暇の間に、これまでのテキストをおさらいしておいてください。興味のある日本文学の本を、一冊でも多く読んでくれたら嬉しいです。それでは、今日の授業はここまで」

　いつものように始めた授業を、いつものように終えて、遥人は最後の教え子たちに礼をした。

「先生、一緒にパーティーに行こう!」

「剣道クラブが出し物をするって聞いたんだけど、本当?」

「うん。『剣道形』と言ってね、竹刀《しない》を振って、剣舞のようなデモンストレーションをするよ。クラブのみんなで稽古《けいこ》したんだ」

「僕たちもそれ見たい! 早く行こう、先生。僕たちがエスコートしてあげる」

　剣道を好きになってくれた、クラブの生徒たちの顔を遥人は思い浮かべた。最初は竹刀を握ることさえおぼつかなかった彼らが、清《すが》しい素振りの音を出せるようになったことが、顧問の遥人の喜びだった。

「——ありがとう。先生は教室の片付けがあります。みんなは先に大講堂へ行っていてください」

小さな嘘をついて、遥人はこの学校の教員の証《あかし》の、濃いグレーのガウンを脱いだ。

（アッシュ。君がくれたこのガウンも、今日で最後だ）

パーティーを待ち切れない生徒たちが、先を争うようにして廊下へと駆け出していく。

どうか誰も後ろを振り向かないで。アシュリーのことを思い浮かべただけで、目の奥を熱くしている駄目なサムライ・ハルトを、見ないでほしい。

（僕はサムライでも、ヒーローでもなかった。臆病で嘘つきな、弱い人間だ）

礼拝堂で別れた日から、アシュリーとは電話やメールを交わすだけで、直接会っていない。

遥人のもとには、あれから何度も、アシュリーとの隠し撮りの写真が送り付けられていた。

まるで、写真を処分してもいくらでも替えがあるのだと言いたげに、繰り返し届く差出人不明の封書。どんどん増えていく写真のことも、同封されている手紙の内容も、遥人はアシュリーに打ち明けなかった。

『セント・パウエル校の恥晒《さら》し！』

『お前たちは名門の歴史を地に落とす気か！』

『薄汚い異端者め！　生徒たちを毒牙《どくが》にかける前に、学校から立ち去れ！』

容赦なく突き付けられる、言葉の刃。セント・パウエル校を守り、愛しているアシュリーに、あんなひどい手紙は見せられない。

（僕のことは、いくら罵《ののし》られてもいい。でも、君が責められるのは、耐えられない）

アシュリーとの恋を終わらせなければ、悪意はきっとエスカレートするだろう。彼を守る方法を、遥人はたった一つしか思い付かなかった。

教室の外の廊下は、パーティー会場の大講堂へ向かう、たくさんの生徒や教職員たちで溢れていた。頭上のスピーカーからクリスマスソングが流れている。誰にも気付かれずに姿を消すには、パーティーの喧騒《けんそう》に紛れるのが最適だった。

（急ごう。飛行機の時間まで、あまり余裕がない）

遥人はそっと校舎を出て、雪が積もった宿舎へと続く道を歩いた。部屋の家具や備品は全部据え付けで、遥人個人の荷物はスーツケース一つで事足りる。既《すで》に荷造りを終えているそれと、竹刀袋を持って、予約をしているハイヤーに乗り込めば、それで全部終わりだ。この学校にも、英国にも、二度と戻らない。

アシュリーを再び置き去りにしていくことに、迷いはなかった。いや、ないはずだった。ずきん、と胸が疼《うず》くのは、白い雪に霞むこの学校の風景が、あまりに美しいからだろう。

後ろ髪を引かれるような、切ない痛みを振り切って、遥人は宿舎へと駆けた。車停《ど》めのあるアプローチに、予約した時間より早いハイヤーが停まっている。職員たちもみんなパーティーへ出払っているのか、受付は無人だった。玄関ロビーを抜け、急いで自分の部屋へ荷物を取りに行く途中、ふと遥人は足を止めた。

「……小泉先生……？」

階段を二階へ上がってすぐのところにある、小泉の部屋のドアが、少し開いている。秋休みのハーフタームを過ぎてから、小泉はずっと欠勤していた。彼は解雇されたという噂が流れていて、宿舎にも戻らず、所在が分からなくなっていたのだ。

「小泉先生、戻られたんですか？　相良です。ずっと連絡がなくて、心配していました。体調を崩してらっしゃったんですか？」

ドアの向こうに声をかけても、何の返事もなかった。でも、ずっと閉め切っていた部屋の鍵《かぎ》が開いているのは、明らかに不審だ。泥棒でも入り込んでいたら、大変なことになる。

「小泉先生、入りますよ。失礼します――」

気になって仕方なくて、遥人はかじかんだ手でドアを開けた。しんと静まり返った室内は、カーテンを閉めているせいで薄暗く、そしてとても寒かった。

「……誰もいない。先生はいったいどうされたんだろう」

自分の部屋と同じ間取りのその部屋を、遥人はぐるりと見渡した。分厚い高等数学書が鎮座する本棚。几帳面《きちょうめん》な小泉の性格が分かる、とても整頓されたライティングデスク。遥人も見たことがある彼の眼鏡《めがね》ケース。十月で止まったカレンダーが張られた、デスクの上の壁を見て、遥人は、はっと息を呑んだ。

ピンで直接壁に留められた、たくさんのスナップ写真。何故その写真に、自分が写っているのだろう。生徒たちと校内を歩いている姿や、教員仲間と街のパブで息抜きをしている姿、そして、キングスブレス寮の歓迎会の時の、モップを竹刀のように構えている姿。どうしてこんな写真が、小泉の部屋にあるのだろう。

「……嘘だ……、何故、小泉先生が……、まさか……っ」

考えたくない。想像もしたくない。それなのに、遥人の頭を嫌な予感がよぎっていく。揺れる瞳で写真を追っていた遥人は、予感が確信に変わるものを、見付けてしまった。

「僕、と、アッシュ」

写真に刻み付けられた、バラの温室を背景に見つめ合う自分たち。

歓迎会から数日経った頃、温室の中にある静かなレストランで、アシュリーと二人でランチを過ごした。あの時、植え込みの陰で小泉を見たのは、気のせいではなかった。隠し撮りをしていたのは、彼に違いない。アシュリーと遥人をカメラで追い、執拗《しつよう》に嫌がらせの写真と手紙を送ってきたのは、小泉だったのだ。

「嫌だ——、どうして、こんなもの見たくない！」

遥人は声を震わせて、壁の写真を全部剝《は》がした。どの写真も、遥人の顔や体の一部に、刃物のようなもので傷付けた痕がある。背筋を凍らせるほどの悪意の塊《かたまり》を、遥人は咄嗟《とっさ》にガウンに包んで、小泉の部屋から飛び出した。

（小泉先生は、僕のことを嫌っていたんだ。理由なんか、分からないけど……っ、この写真

は誰の目にも触れさせない！）

　階段を駆け下り、宿舎を出た遥人は、同じ敷地にある焼却炉へと向かった。煙突から細い煙が立ち昇る、古めかしい炉の扉を開けて、ガウンごと写真を押し込む。

（アッシュが贈ってくれたガウン。ごめん。僕はもう、これを着る資格がない）

　熾火《おきび》のように小さく赤い炎が、ガウンの生地に触れた途端、オレンジ色の猛々《たけだけ》しい炎へと姿を変えた。アシュリーがくれた愛情と一緒に、悪意も燃やし尽くしてほしい。

　炉の中で爆《は》ぜた火の粉が、笑顔のままで静止した遥人とアシュリーの写真を、灰にしていく。まるで自分の肌を炙《あぶ》られたように、じりじりとした痛みを覚えながら、遥人は歯嚙みした。悲しかった。そして、悔しかった。

「――何をしているんです、相良先生」

　突然、誰かが遥人を呼んだ。遥人の中で、憤りが失望へとスライドしていく。ほんのついさっきまで、教員仲間だと思っていた人が、遥人の後ろに立っていた。

「小泉、先生」

　久しぶりに見た彼は、やつれたような青白い顔に、まばらな無精髭《ひげ》をはやしていた。眼鏡の下の瞳だけが、病的に爛々《らんらん》としていて、遥人は言いようのない不安を覚えた。

「宿舎を出て行ってくれと、職員から連絡がありましてね、今日は部屋を引き払いに来たんです。私の部屋から、あなたが出てくるところを見ました。私の大事なコレクションを勝手に燃やさないでください」

「コレクション……？　僕や理事長を隠し撮りして、ひどい手紙を何度も送り付けてきて、いったい何のつもりですか」

「不適切な関係を続けるあなた方への、警告ですよ」

「僕たちが、間違ったことをしていたとしても、小泉先生に責められる理由はありません！」

パキッ、とまた火の粉が散って、ガウンも写真も、激しい炎の中へと消えていく。雪を踏み締めながら近付いてきた小泉は、傍らにあった火掻き棒を手に取って、熱した炉の扉を閉めた。

「写真を燃やしても無駄ですよ。あんなものはいくらでもプリントできる。ほら、燃やすならこっちのメモリーだ。学校じゅうに恥ずかしい写真を撒いてやる。あなたと理事長が泣いて謝るところも、カメラで撮りましょうか」

小泉は着崩れた服のポケットから、小さなメモリーカードを取り出した。遥人を見つめる彼の眼差しは、プロフェッサーと呼ばれた人とは思えないくらい、荒《すさ》んでいる。彼が常軌を逸してしまった訳を、遥人は知りたかった。

「何故です、小泉先生。そんなことをして、先生は楽しいんですか」

「楽しいですよ、とても。相良先生、私はあなたのことが、以前から嫌いです」

「え……？」

「交換派遣でやって来た、姉妹校のたかが高校教師のくせに、あなたは随分と人気者だ。私には分からない。剣道が少しできるだけの、権威も何もないあなたが持て囃《はや》されて、何故私が、この学校を解雇されなければならないんだ」

見下すような、剝《む》き出しの敵意に晒されて、遥人は言葉を失った。小泉が解雇されたという噂は、本当だった。彼はそれに納得できずに、無関係な遥人へと理不尽な怒りをぶつけている。

「ハーフタームの前に、サミュエル校長から解雇を言い渡されましたよ。生徒が教員に点数をつける、あの忌々《いまいま》しい評価表のせいで……っ。あんなものは、ただの人気投票だ。あなたのような教員が恩恵を得るだけの制度だ」

「先生、たったそれだけのことで、僕を恨んだんですか？　この学校の生徒たちは、いつも率直で、正直です。はじめは侮《あなど》っていても、一度認めた相手には敬意を払ってくれます。僕は彼らの評価を尊重します」

「くだらない。解雇されるべきなのは、あなたの方でしょう。生徒に媚《こ》びを売った挙句に、理事長には色目を使う。あの汚らわしい理事長も、あなたに随分ご執心のようだ」

「やめてください！　僕のことはどう言われてもかまわない。でも、先生が彼のことを侮《ぶ》辱《じょく》する理由はないはずです！」

遥人は初めて、小泉に声を荒げた。恨まれるのは自分だけでいい。アシュリーのことを何も知らない小泉に、心無い言葉で彼を傷付けられたくない。

「あの理事長が来てから、全てが変わってしまった。相良先生、私は前の理事長に、三顧の礼を受けてこのセント・パウエル校へ迎えられたんです。だが、私がここのOBでないことを理由に、生徒たちは私を蔑《さげす》んだ。私のことを『黒猫』と呼んで、馬鹿にしたんだ」

「『黒猫』――」

それは生徒たちが使う、『役立たず』を意味した侮蔑《ぶべつ》の隠語だ。同じ言葉を遥人も言われたことがある。

遥人と同じ悔しさや痛みを知っているはずなのに、小泉は感情を捻《ね》じ曲げて、悪意をぶつけてきた。プライドを折られた彼に同情はしても、遥人は許すことができなかった。

「『黒猫』と呼ばれたくないなら、自分で努力をすべきです。何もしないで、周囲だけを責めるのは、ただの逆恨みです」

「あなたにいったい何が分かる！　私も剣道をやっていれば、サムライと持て囃されたと言いたいのか？」

「小泉先生……っ、僕はそんなこと……っ！」

「生徒に侮辱されても、前の理事長がいた頃はまだよかった。彼と親しかった私の地位は保障されていました。新しい理事長が就任さえしなければ――。相良先生、あなたと、あのアシュリー理事長が、私を失墜させたんです。私に償ってください、今ここで、土下座をして

「私に謝れ！」

激昂《げっこう》した小泉は、手に持っていた火掻き棒を、遥人へと突き付けた。反射的に身構えた遥人と、殺気立った棒の先端との距離は、いくらもない。その時、雪の降る音も聞こえないほど張り詰めた沈黙を、低い声が破った。

「ハル。土下座など必要ない」

どうして――。

コートの肩を雪色に染めて、遥人のもとへと、アシュリーが歩いてくる。

二度と会わないと覚悟して、置き去りにしようとした恋人。少しずつ大きくなる彼のシルエットに、遥人は極まって、涙を零しそうになった。

「手にしたものを置きなさい、プロフェッサー・コイズミ。セント・パウエル校の元教員を、これ以上犯罪者にはしたくない」

「犯罪者だと……？　お前が、お前たちが、私にそうさせたんだろう！　この異端者どもめ、お前たちが恥ずかしい行為をしているのを、私は見たぞ。学校じゅうに暴露してやる！」

「好きにすればいい。あなたの悪意など、私の恋人がついた嘘に比べたら、何の重みもありません」

「アッシュ――君は」

ふ、と微笑んだアシュリーの髪を、雪の粒が掠めていく。彼は、遥人の嘘に気付いていた。

「……アッシュ……」

小泉の前で、アシュリーを愛称で呼んでいたことを、遥人は忘れた。黙ってこの学校を去るつもりだったのに、彼が目の前にいてくれることが、どうしようもなく嬉しい。止められなかった涙が、遥人の頬を、いくつもいくつも伝い落ちた。

「く、くそ…っ！ 虚勢を張るな、異端者！ お前さえ……お前さえ理事長にならなければ、私は地位を失わずに済んだんだ！」

「プロフェッサー、あなたは前の理事長と癒着して、寄付金の一部を横領していた。解雇をされて当然だ」

「黙れ！ 私はくれるというものをもらっただけだ」

「嘆かわしい。あなたには、セント・パウエル校の教員たる品格がなかった。おとなしくここから立ち去りなさい」

「うるさい！ 去るのはお前だ、アシュリー・ジェラルド！」

火搔き棒を振りかぶって、小泉がアシュリーへと襲いかかろうとしている。理不尽な怒りに駆られて、我を忘れた彼。小泉を憐《あわ》れむよりも早く、遥人の体が動いた。遥人は雪の地面を蹴《け》って、アシュリーの楯《たて》になるために、二人の間へと立ちはだかった。

「危ない！ アッシュ！」

誰よりも大切な人。

アシュリーを守るために、遥人に必要だったのは、嘘をついて彼の前から消え去ることじゃない。二人を引き裂こうとする悪意に立ち向かい、戦うことだったのだと、遥人は今やっと気付いた。

「――遥人先生！　受け取って！」

遠いどこかから、叫ぶような生徒の声と、雪を切り裂く風音が聞こえる。自分の方へと向かって、ごうっ、と飛んでくる何かを、遥人は無意識に摑んだ。

掌に馴染んだ、柄革の感触。ひんやりとした鍔《つば》の固さ。子供の頃から握ってきた竹刀の重みを、遥人が忘れるはずがない。

「ヤアアアアアッ――！」

振り下ろされた火搔き棒を、遥人は鍔元で受け止め、返す刀で弾《はじ》き飛ばした。身動き一つできなくなった小泉の肩を打ち下ろし、足元へと叩《たた》き伏せる。

「ウウ……ッ！　くそ……！」

「動かないでください。今は手加減ができません。先生に怪我《けが》はさせたくない」

愕然《がくぜん》とする小泉のそばに、火搔き棒と、メモリーカードが転がっている。遥人はカードを竹刀の剣先で鋭く突いて、二度と写真が復元できないように、粉々にした。

「何故だ。相良先生。何故、あなたはこの学校に選ばれて、私は、選ばれなかった」

「僕には分かりません。でも、あなたのしたことは間違っている。僕の大切な人を傷付けるなら、僕は何度でも、その人を守ります。その人のことも、その人が守りたいものも、あなたには指一本触れさせません」

雪の中に凛《りん》と佇《たたず》み、そう告げた遥人を、小泉は真っ赤に腫《は》らした瞳で見上げた。

「……守る？　それが、品格なのか。いったい何を間違ったのか、私には分からない」

力尽きたように項垂《うなだ》れて、小泉はそれきり、何も言わなかった。降りしきる雪に埋もれそうな、犯罪者になってしまった彼の姿が、小さく虚《むな》しく見える。でも、大切な人を守るために、彼に竹刀を振るったことを、正しかったと遥人は信じたかった。

遥人の後ろで、アシュリーが髪を掻き上げている気配がする。安堵《あんど》とも、憐憫《れんびん》とも取れる彼の溜息とともに、遥人は緊張を解いた。

「遥人先生！　理事長！」

「警備員を呼んで来ました！　二人とも大丈夫ですか!?」

数人の警備員が駆け寄ってきて、小泉を抱きかかえるようにしながら、どこかへ連行していく。それと入れ替わりに、たくさんの生徒たちが遥人を囲んだ。

生徒総長のルカ、レオ寮長とフランツ、チャン兄弟、遥人がこの学校で最初に受け持った教え子たちだ。凛々《りり》しい袴姿《はかますがた》に身を包んだ、剣道クラブのみんなもいる。

「君たち、どうしてここに――」

「パーティーの本番の前に、もう一度剣道形のレクチャーをしてもらおうと思って、みんなで先生のことを探してたんだ」

「大講堂にも校舎にもいないし、宿舎まで探しに来たら、アタリだったって訳」

「何か言い争っている様子でしたが、問題は解決したようですね。見事な剣でした、サムライ・ハルト」

「まるで映画の中の剣士みたいだったよ。僕の投げた竹刀が役に立ってよかった！」

「ありがとう。みんなが、助けてくれたんだね。本当にありがとう」

アンディに竹刀を返して、遥人は雪と涙が混ざった頬の痕を拭《ぬぐ》った。

「みんな、もうパーティーが始まる時間だよ。剣道クラブの出し物を、他の生徒たちが楽しみにしている。大講堂の方へ移動しよう」

「うんっ。先生も一緒に行こう」

「僕はまだ、用があるから、先に行っていて。後で必ず応援に行くからね」

遥人は今度は嘘をつかずに、生徒たちをパーティー会場へと送り出した。降り続く雪の向こうで、制服や袴姿の背中が小さくなっていく。彼らが宿舎の敷地を離れるまで、ずっと見送っていると、遥人の肩に、ふわりとコートが掛けられた。

「ガウンも着ないで。風邪をひいてしまうよ、ハル」

カシミアの温《ぬく》もりと、アシュリーの香りが、遥人を柔らかく包み込む。雪の空へと昇っていく、灰色の煙突の煙を見上げて、遥人は切なく呟いた。

「――アッシュ。君にもらったガウンは、小泉先生が撮った写真と一緒に、焼却炉に入れてしまった」

「そう。それなら、新しいものを仕立てよう」

「ううん。僕はもう、ガウンを着ることはできない。僕は気付かないうちに、小泉先生に恨みを買っていたんだ。僕にもきっと落ち度があった。できるなら、先生に厳しい処罰はしないでほしい」

「あなたが彼を弁護する必要はない。彼は正当な理由で解雇されたんだ」

「アッシュ、でも」

「あなたは罪を犯した教員にも、生徒たちにも、等しく優しい。私にだけ優しくしてほしいと願うのは、我《わ》が儘《まま》かな」

「え……」

「ハル、あなたのことを、もう独り占めしてもいい？」

「……アッシュ……」

「やっぱり、生徒たちに慕われるあなたを見ていたら、嫉妬《しっと》を覚えてしまった。早く二人きりになれる場所へ、ハルを攫って行きたい」

遥人の黒髪に積もる雪を、指先で融《と》かしながら、アシュリーが微笑んでいる。彼に少し触れられただけで、泣き止《や》んだはずの遥人の瞳が潤んだ。

「もう離さないよ、嘘つきなハル。私に黙って日本に帰ろうとしただろう」

「うん……。――ごめん」

「この学校のOBのネットワークは、一人の日本人のフライトを簡単に追跡できるんだ。残念だったね。あなたはこれから、サミュエル校長に退職の撤回を申請しに行かなくてはならない。それからヒースロー空港に行っても間に合わないよ」

「……どうして、僕が退職するって、分かったの。サミュエル校長には秘密にしてと頼んでおいたのに」

「あなたの考えそうなことだから。私を守るためだと言って、一番私にひどいことをするのは、ハルだ」

荒っぽい仕草で、アシュリーが遥人の髪を掻き混ぜたのは、お仕置きのつもりだったのかもしれない。

雪を撥《は》ね退《の》けそうな、彼の熱い眼差しを受け止めて、遥人は瞳を細めた。

「アッシュ、君は全部、お見通しだったんだね。嘘に騙《だま》されたふりをして、君は僕が行動するのを待っていた。君はここへ、僕を捕まえに来たんだ」

「そうだよ。約束をする時、指切りをしてくれないと、ハルは必ずその約束を破る。七年前も、この間、礼拝堂で会った時もそうだった。あなたには何度も騙されたから、今度は私が、あなたを騙した。これでおあいこだ」

「アッシュ、ごめん——。君の言う通りだ。ごめん、なさい」

「今度私を置き去りにしようとしたら、絶対に許さない。あなたを鎖で繋いででも、私のそばにいてもらうから、覚悟をしろ」

粗野なのに、どこか甘い貴族の傲慢《ごうまん》さを腕に宿して、アシュリーは遥人を抱き寄せた。

何度この腕を、恋しく思ったか知れない。コートごと遥人を包み込む、アシュリーの強い力。隙間《すきま》なく重なった鼓動の響き。何一つ失いたくないと、偽りのない願いを込めながら、遥人はアシュリーを抱き締め返した。

「どこへも、行かない。君のそばに、ずっといる」

「ハル。今の誓いを忘れないよ。あなたのことを、愛している」

「君のことが好き——。アッシュ、僕も、君を愛しているよ」

寄り添う二人を、雪が白く覆い隠していく。大講堂のクリスマスパーティーの喧騒は、遠い宿舎の敷地には届かない。互いの鼓動が奏で合う、恋の響きに急《せ》かされて、遥人とアシュリーはキスをした。


その日、夕刻を過ぎても降り続けた雪は、英国じゅうに本格的な冬の到来を齎《もたら》した。ロンドン北郊のカントリーハウスもすっかりと雪化粧し、古城の風情をより濃くしている。

クリスマスパーティーは、とても盛況のうちに幕を閉じた。剣道クラブが披露した見事な『剣道形』に、拍手喝采が贈られて、遥人もとても嬉しかった。

パーティーを生徒たちと過ごした後、サミュエル校長の執務室を訪ねた遥人は、正式に復職を願い出た。一度退職を決断した人間が、それを撤回することを、申し訳なく思わなかった訳じゃない。何度も頭を下げた遥人を、校長は咎めることはせずに、よく思い留《とど》まってくれた、と言って、握手をしてくれた。

「嬉しい。アッシュと、またこのカントリーハウスに来られるなんて」

「ハルと二人きりで過ごすには、ここが一番いいと思ったから。ハルは、主寝室に入るのは初めてだね」

「うん。この部屋は、カントリーハウスの主人だけが使う部屋だ。緊張して足が震えてる」

「今は私の部屋だよ、ハル。そして、あなたと私が初めて愛し合う部屋でもある」

す、と遥人の顎《あご》を指で掬って、アシュリーが小さなキスをする。小鳥が啄《ついば》むように、唇をくすぐられて、遥人は幸せな気持ちになった。

なんて甘やかで、満たされたキスだろう。七年の時間を乗り越えて、初恋の人とやっと結ばれる。他には何もいらない。アシュリーと二人で、ずっとこうしていたい。

雪明かりよりも鮮やかな、ランプの灯《ひ》が揺れて、二人が立っている窓辺に恋人のシルエットを映し出す。キスを交わしていないと、窓越しの冷気がすぐに温もりを奪うから、遥人の唇は震えた。

「寒い？」

「ん……、少し」

「雪が降り止んだら、今度は暖かな南の島へ行こう。私の家族が、ハルを待っている」

「アッシュ、それは――」

「もうファーストクラスのチケットを用意してあるんだ。半袖の着替えは向こうで調達しよう」

南の島は、遥人にはとても遠かった。そこで静養をしているアシュリーの父親は、遥人のことを歓迎してはくれないだろう。

永遠に会わないという約束を破って、アシュリーと恋に落ちたのは罪だ。二人で寄り添っている今が、どんなに幸福でも、裏腹な焦燥が遥人の胸に影を落とす。

「僕は学校の宿舎に帰って、クリスマス休暇を過ごすよ。アッシュは家族の人たちに会っておいで」

「ハル。あなたも一緒に行くんだ」

「……僕は行けない。君のお父さん――ジェラルド伯爵に会わせる顔がない」

「何故。ハルの分もチケットを手配したのは、父様なのに」

「え——？」

遥人は驚いて、円《つぶ》らな瞳をいっそう丸くした。

「まさか。そんなはずない。伯爵が僕を招いてくださるはずないんだ。だって、七年前に、僕は」

「知っている。私のために身を引いてくれと、父様に言われたんだろう？」

「アッシュ、どうしてそのことを……っ」

ずっと秘密にしていたはずの、遥人が伯爵と交わした約束。遥人は思わずアシュリーの服を摑んで、彼を仰ぎ見た。

「父様が体を悪くして、この館や事業を私に継がせた時に、打ち明けてくれた。七年前に、あなたにとてもつらい選択をさせて、日本に帰らせてしまったって。父様は私たちの恋を許すことができなかったけど、自分の行為が本当に正しかったのか、後悔もしていた」

「君の将来を思えば、正しいに決まっている。僕が伯爵の立場だったら、同じことをしたはずだ」

「ハル。私の将来を決めるのは父様じゃない。自分の歩く道は自分で選ぶ」

「……アッシュ……」

「私はこれからもハルと一緒に生きていきたい。ハルと離れた七年間、あなたを想い続けた私を、父様は認めてくれた。——クリスマス休暇にあなたと会うことを、父様も母様《かあさま》も、妹たちも楽しみにしている。あなたはもう、私たちの家族なんだよ」

「家族――」

遥人の呟きは、溢れてきた涙で声にならなかった。

少年だったアシュリーに恋をしてから、長い間抱え続けてきた罪の意識が、遥人の胸の奥で静かに癒《いや》されていく。彼を置き去りにした七年前、こんな日がやって来るなんて、思わなかった。

「アッシュ、ありが、とう。……ありがとう……」

「泣かないで。私はあなたを、誰よりも幸せにする」

「もう、じゅうぶん、幸せだよ。これ以上の幸せなんてどこにもない」

「ハル、二人でいれば、幸福は倍になるんだ。――約束の指切りをしよう」

小指と小指を絡ませ、将来を分かち合う約束をする。自分の存在が、アシュリーのことを幸せにできたらいい。触れ合った指先に、彼と同じ想いを込めながら、遥人は温かな涙で頬を濡らした。

「ハル」

優しい声で遥人を呼んだ唇が、ゆっくりと頬を辿り、涙をキスへと変えていく。数え切れないほど、溶けるようなそれを繰り返してから、アシュリーは遥人の唇に触れた。

「ん……っ」

柔らかくて、淡いキスは、吐息が混ざり合った途端、熱を帯び始める。唇と唇を重ね、より深く互いを感じ合うために、何度もキスの角度を変える。

「んく……っ、んっ、ん」

呼吸の僅《わず》かな間に、情熱的な舌先に歯列を割られて、遥人は眩暈《めまい》がした。ぐらりと体が傾いだとともに、アシュリーの力強い腕に抱き上げられ、キスをしたままベッドへと運ばれる。

ひんやりとしたシーツの温度が、服を通して、遥人の背中に心地よく伝わってきた。ベッドの軋《きし》みが、遠く向こうの方で響くのは、自分の耳が水音に侵されているからだ。口腔をアシュリーの舌でいっぱいにされて、意識が途切れそうになる。

「は…っ、う……、んぅ……っ、ん——」

くちゅっ、とアシュリーが舌を動かすたびに、遥人の息は弾《はず》んで、服の下の体が熱くなっていった。

息苦しくて、シャツの胸元を緩めようと、おぼつかない指をボタンにかける。でも、アシュリーの手がそれを優しく阻《はば》んで、遥人の両腕を、頭の上で一纏《ひとまと》めにした。

「アッシュ……?」

「駄目だよ、ハル。紳士の役目を奪わないで」

そう言うなり、ボタンを弾いていくアシュリーの指を、遥人は恥ずかしくて正視できなかった。瞼を固く閉ざし、シーツに片頬を埋めながら、どきん、どきん、とリズムを速くする、心臓の高鳴りを聞く。

はだけた胸を大きな手で撫でられると、ひくん、と喉が喘《あえ》いだ。遥人の白いすべらかなそこに、アシュリーが顔を埋めてくる。

「……ハルの匂いがする。ずっとあなたに焦がれていた。大好きだよ」

「……アッシュ……、アッシュ……っ、ああ——、僕も」

「ここに痕をつけさせて。——ハルが私のものだという証に」

「あ……っ、あぁ、ん、……んぅ……っ」

きゅう、と吸われた首筋に、赤いキスの痕ができる。同じ痕をいくつもいくつも残しながら、アシュリーのキスは鎖骨を辿り、遥人の胸元を覆い尽くした。

「……は……、は、あ……っ、は……っ、んぁ……っ」

「ハル、胸の音が、こんなに乱れてる。何も怖くないよ」

「ん…っ、うん——」

「小さなここにも、キスをしよう。ハルがどこに触れられるのが好きか、隅々まで調べたいな」

「……アッシュ、あんまり恥ずかしいことを、言わないで」

「ハル、あなたも私の隅々を調べていいんだよ」

「そんなこと、できないよ……っ。君は、時々、意地悪だ」

くす、とアシュリーに笑われて、遥人は顔を真っ赤にした。

剣道で鍛えた、しなやかな筋肉を纏った胸の、飾りのように小さな乳首を、濡れた唇が挟み込む。そのままつぷりと、舌先で押され、捏《こ》ねられて、遥人は息を詰めた。

「ふ……っ、んく……」

体じゅうの血が、その一点を目指して集まっていくようだった。片方の乳首を唇と舌で、もう片方を指で愛撫《あいぶ》されて、びくん、びくん、と肌を波打たせる。

男の胸が、こんなに官能的な場所だったなんて知らなかった。固く尖《とが》った乳首が鋭敏になり、ふう、と息を吹きかけられただけで、肌の震えがひどくなる。漣《さざなみ》のようなそれに翻弄《ほんろう》され、訳も分からないうちに、遥人の下腹部に火がついた。

「……ああ…っ、アッシュ、待って……っ、僕――」

遥人の戸惑いを凌駕《りょうが》して、スラックスの内側で膨《ふく》らんでいく、正直な欲望。手で隠したくても、両手首を一纏めにされたままでは、どうすることもできない。

胸をたっぷりと愛したアシュリーが、自分の足跡を赤く残しながら、鳩尾《みぞおち》にキスをする。かちゃり、と片手でベルトを緩め始めた彼に、遥人は体を捩《よじ》って抗った。

「あ……っ、駄目、――駄目。嫌だ……」

「窮屈そうにしているから、解き放ってあげる」

「アッシュ、……、あぁ……っ」

「あなたは全部、私のものだ。隠していいところなんて、どこにもないよ」

男らしい色香を纏った睦言《むつごと》に、遥人は惑乱した。ちゅくり、と耳朶《みみたぶ》を甘噛みされ、歯を立てられて、力が抜ける。

遥人のベルトを外したアシュリーは、スラックスの前を寛《くつろ》げると、下着の膨らみに指を這《は》わせた。下から上へ、つう、となぞられる感覚に、遥人は身悶《みもだ》えた。

「あっ、……ああ、ん、……ア、シュ……」

恥ずかしくてたまらないのに、もっと触れてほしいと催促をするように、遥人の腰がせり上がっていく。膨らみ続ける下腹部から、くちっ、くちゅっ、と濡れた音が立つのを止められない。すると、アシュリーは下着ごとスラックスを脱がせて、遥人の下肢を裸にしてしまった。

「待…っ、ああ……！」

制約のなくなった下肢の間に、アシュリーが自分の体を割り込ませて、膝《ひざ》を閉じられなくする。

「見ないで、アッシュ、お願い」

「かわいいハル。あなたの潤んだ黒い目をもっと見たい」

蕩かすような視線が、シャツだけを纏ったしどけない遥人を捕らえて、羞恥《しゅうち》を煽《あお》った。

「何――するの」

ぶる、と本能で体を震わせた遥人に、アシュリーは微笑みを向けた。彼のその優しい顔が、隠すもののない下肢の間へと下りていく。

「アッシュ……？　……あ……っ、やぁ……！」

大きく膨らんでいた遥人の中心に、アシュリーの唇がそっと触れた。これは本当に現実の光景なのだろうか。羞恥と熱でぶれた遥人の視界に、アシュリーの唇の中へと飲み込まれていく、自身の姿が映る。

「き…、汚いよ、アッシュ、やめて……っ」

嘘だ。こんなこと、許される訳がない。

遥人は一纏めにされたままだった両手を振り解いて、アシュリーから逃げようと、彼の金色の髪を押しやった。でも、じゅぷん、と音を立てて吸われて、腰砕けになる。

「ああ…っ、——んっ、んぅっ」

アシュリーの口腔の、湿ったなめらかさ。遥人の中心に絡みつく、生き物のような舌の動き。躊躇《ためら》いのないアシュリーの愛撫に導かれ、ますます大きさを増していく自身が、遥人は怖くて仕方なかった。

「アッシュ……、もう、離して、……君がこんなことをしちゃ、いけない……」

あまりに強い快楽で、指先まで痺《しび》れて動けない。アシュリーの髪を弱々しく握り締めて、啜《すす》り泣きながら許しを乞う。

「う…っ、ひく…っ、許して、アッシュ」

「気持ちがいいと言って。正直に、もっとしてほしいって」

「本当に、もう、……んっ、ああ…っ！」

ぐちゅんっ、とひときわ淫《みだ》らな水音とともに、遥人の屹立《きつりつ》のくびれを、アシュリーは舌先で辿った。体じゅうが溶け崩れていく感覚に、がくがくと膝を震わせ、遥人は喘いだ。

「いや…っ、アッシュ、いや……っ」

「ここが好き──？」

「駄目、あああ……っ！」

突然沸き起こった、マグマのような奔流が、遥人の理性を焼き尽くしていく。抑え切れなかった欲情が、出口を探して暴れているのを、遥人はどうすることもできなかった。

「や、……やめて、アッシュ──、ああ、んっ、んうっ、……あぁあ……！」

固く閉じた瞼の裏側が、真っ白な光に包まれた。我を忘れた一瞬に、遥人の屹立の先端から熱が溢れ出す。弓なりに反《そ》った体を、がくん、と波打たせて、遥人は果てた。

「は……っ、……あ……、あぁ……」

絶頂の余韻で痺れていた遥人には、いったい何が起こったのか、よく分からなかった。アシュリーの口腔から解放され、こく、と彼が喉を鳴らす音を聞いて、粗相をしたことに気付く。

「ごめん、僕――、何てことを」

アシュリーの口を、自分の欲望で汚してしまった。青褪《あおざ》めた遥人を、アシュリーは前髪の隙間から上目遣いに見て、首を振った。

「どうして謝るの」

「だって、嫌だったろう？　……あんなにやめてって言ったのに」

「ハルは本気で嫌がっていなかったよ。いつも理性的なあなたが、乱れて蕩けていくのは素敵だね」

「な、何を言ってるの……っ」

睦言を囁《ささや》きながら、アシュリーは体を起こして、自分の首元のネクタイを解いた。遥人を乱れさせたくせに、彼はまだ服一枚脱いでいない。アシュリーに一方的に愛撫され、翻弄されていたことを、遥人は恥ずかしく思った。

「……年上らしいことを、僕もしたい。じっとしていて」

遥人はうまく力の入らない両手で、アシュリーの上着のボタンを外した。自分がそうされたように、ベルトのバックルに触れると、アシュリーにそっと手を取られる。

「ハル。驚かないで。ハルが夢中で果てている姿を見ていたら、もう、抑えが利かなくなってしまった」

「あ……っ」

アシュリーの下腹部に手を導かれ、スラックス越しの熱の塊を感じて、遥人の頬がまた赤くなった。

遥人の手に自分の手を重ねて、アシュリーが艶《なま》めかしく自身を揉《も》みしだく。掌の中でいっそう硬く、隆々と漲《みなぎ》っていく彼。どくん、どくん、と刻むアシュリーの脈動を感じて、欲情しているのが自分だけではなかったことに、遥人は震えた。

「アッシュ、君も、僕と、同じだね」

「ああ。ハル。子供の頃も、再会してからも、私はずっと、あなたのことが欲しかった」

遥人の手を、アシュリーは口元へと持ち上げ、小指にキスをした。指切りのように、唇で甘くそこを食《は》んで、彼は碧い瞳を瞬《またた》く。

「ハル、キスだけでは足りない。あなたと本当の恋人になりたい。――私に、服を脱ぐ勇気を与えて」

「え……？」

「私は想いが強過ぎるから、あなたを壊してしまうかもしれない。私が何をしても、私のことを嫌いにならないと、約束してほしい」

アシュリーの切実な想いが、遥人の胸をまっすぐに射貫《いぬ》いた。

遥人のことを大切にしようと、上着すら脱いでいなかった彼。引き返すのなら今だと、最後の選択をくれたアシュリーは、誰よりも誠実な紳士に違いない。湧《わ》き上がってくるいとおしさに衝《つ》き動かされて、遥人はアシュリーを抱き寄せた。

「約束、する。僕も君と、本当の恋人になりたい」

「ハル――」

「君が望むことをしよう。アッシュは僕の、初恋の人なんだ。君のことを嫌いになろうとしても、できないよ」

「ハル、……本当に……、嬉しくて溶けてしまいそうだ」

「僕も、アッシュ」

アシュリーの体が震えているのを、遥人は眩暈のような陶酔の中で感じた。二人でこうして抱き締め合うために、いったいどれほど時間が必要だったのだろう。

何度もアシュリーを忘れようとして、忘れられなかった七年間の痛みが、遥人の中で霧散していく。アシュリーと二人で溶けて、抱き締め合ったまま、一つになりたい。

「アッシュ――キスを」

遥人は初めて、自分の方から唇をねだった。アシュリーとキスをするのは、もう罪じゃない。欲しいだけ与えられる彼の唇を、不器用な唇で受け止め、そして舌をも預け合う。

「……ん、……は……っ、んぅ――」

気が遠くなるような長いキスの間に、遥人のシャツは脱がされ、アシュリーの着ていた服とともに、ベッドの下の床へと落ちた。裸の彼の背中を両手で撫で、逞しい筋肉の稜線《りょうせん》を確かめながら、二人で深くベッドに沈む。

互いの下腹部が擦《こす》れ、その中心が滾《たぎ》っていくのを、遥人はアシュリーの艶めいた吐息で知った。さっき果てたばかりなのに、堪《こら》え性のない自分が恨めしい。無意識に閉じようとした遥人の太腿《ふともも》を、アシュリーが指で撫で下りていく。

「あ……っ、うう……ん、……アッシュ、ああ……！」

屹立から溢れ出した蜜で、遥人の足の間は、しとどに濡れていた。太腿の内側から、付け根の方へと辿ってきたアシュリーの指が、蜜の雫《しずく》を追うようにして、下肢の奥を探る。

「は…っ、ん、んんっ」

自分では見えないその場所に、アシュリーの指先が届いた瞬間、びくん、と遥人は跳ねた。固く窄《すぼ》まった蕾《つぼみ》のような秘所へと、アシュリーは蜜を塗り込めていく。

ぴちゅ、くちゅ、とはしたなく響く音と、少しずつ蕾の中へ埋没する指。体の内側を直《じか》に擦られる異物感は、アシュリーの囁きが消してくれる。

「たまらないよ。ハルの中は、とても熱い。火傷《やけど》をしそうだ」

「アッシュ――、あっ、ああ……っ」

「もっと奥まで、行かせて。あなたの全てに触れたい」

「……うん……っ、アッシュ、も、っと……」

細い膝をおずおずと開き、拙《つたな》く誘う遥人に、アシュリーはもう一度キスをした。二本に増やされた指が、遥人に淫らな声を上げさせ、キスもできないほどの快楽を味わわせる。

遥人の体内にある、粘膜に覆われた小さなしこりを、アシュリーの指先が引っ掻いた。

「ひ……あ……っ！」

電流を浴びたような、体の奥を駆け抜けた衝撃に、遥人は大きくのけぞった。二本の指で、互い違いにしこりを擦られ、訳も分からないまま悲鳴を上げる。

「ああっ、アッシュ……いい……っ。は…っ、はぁ……っ」

ぶるっ、と揺れた遥人の屹立から、ひどくぬめった蜜が溢れ落ちた。アシュリーが指を動かすたび、疼くような射精感が高まっていく。がくん、がくん、と腰を突き上げ、アシュリーの下腹部に自分の屹立を擦り付けて、遥人は悶《もだ》えた。

「止まらない……っ、助けて、アッシュ。どうにかなりそう……、ああ――、やあぁ……っ」

今にも達しそうな遥人の屹立を、アシュリーは大きな掌で握り締めて、欲望を堰《せ》き止める。黒髪を振り乱して、快楽を求める自分を、恥ずかしいと思う理性はもうなかった。

「……い…、いかせ、て。もう、我慢できない……っ。いきたい、アッシュ」

「私も、同じだ。――あなたと一つになって果てたい」

「アッシュ……、アッシュ……、おいで。君が好き――」

「私のハル。もうけして離さない」

熱情で潤んだアシュリーの碧い瞳が、遥人の視界の中で大写しになる。荒々しいキスとともに、遥人の体内から、濡れそぼった彼の指が引き抜かれた。

「んっ、……ん」

柔らかく解けた窄まりが、アシュリーを求めて戦慄《わなな》いている。張り詰めた彼の切っ先が、焼け付くような温度とともに、遥人のそこへと宛《あて》がわれた。

「ハル――」

「アッシュ」

キスとキスの狭間《はざま》に、互いの名前を呼び合いながら、遥人とアシュリーは一つになった。濡れた窄まりを押し拡《ひろ》げて、ゆっくりと埋められたアシュリーの熱。遥人は痛みに喘ぎ、ただ彼の体にしがみついて、散り散りになっていく意識を繋ぎ止めていた。

「ハル、愛している。ずっとこうしたかった」

耳孔に降り注ぐアシュリーの声が、体の奥を貫く痛みを、少しずつ忘れさせていく。二人の熱が溶け合い、同化するまで、アシュリーは動かずに待っていてくれた。遥人の髪を撫で、頬や首筋にキスをしながら、一つになった喜びに溺れている。

「アッシュ……、君は、僕の、もの」

うわ言のような、無意識に零れ落ちた遥人の囁きを、アシュリーは聞き逃さなかった。遥人の額に自分の額を擦り付けて、嬉しくてたまらない、と、じゃれついてくる。

かわいい、いとおしいアシュリー。大人になった精悍《せいかん》な彼の中に、子供の頃の面影を残した、もう一人の彼がいる。遥人はアシュリーの金色の髪に指を梳《す》き入れて、汗でしっとりとしたそれを慈しみながら、彼を求めた。

「続けて、アッシュ。もっと――君が欲しい」

「ハル……っ」

「こうしたかったのは、僕も同じ。だから、教えて。君を一人にさせた七年分、君を満たすには、どうしたらいい。今はアッシュ、君が、僕の先生だ」

そう言い終わらないうちに、アシュリーは遥人の膝を抱え上げ、いっそう深くまで貫いた。

ぐじゅんっ、と粘膜が穿《うが》たれる音とともに、遥人の瞼の裏側で星が散る。

「ああ……っ、あっ、ひぁ……っ！」

最奥に達したアシュリーの切っ先が、律動を始めて、遥人の内側をぐちゃぐちゃにした。

もう遠慮はしないと言いたげに、深く浅く粘膜を掻き混ぜながら、彼は腰を揺らめかす。

「んうっ、……あぁあ……っ、アッシュ、アッシュ――」

肌と肌をぶつけ合う、淫らなのに満ち足りた音。アシュリーが生み出す、巧《たく》みなそのリズムを、悔しく思う暇もない。

天を仰ぐ遥人の屹立が、アシュリーの引き締まった腹に擦れて、今にも弾けそうだった。

遥人の体の中にある、ひどく感じるしこりを何度も突いて、アシュリーは壊れるくらい律動を速めた。

「は…っ、い、いい……っ、アッシュ、もう、いく……っ」

「ハル、私を受け止めて」

「うん……っ。一緒に、君も——」

もうけして離れない。離したくない。遥人の両手をシーツに縫い止め、アシュリーは大きな手で強く握り締めた。駆け足で過ぎていく快感の波に、意識を真っ白にしながら押し流されていく。

どくっ、どくん、と最奥で熱いものが放たれたその時、遥人もアシュリーの腹へと、同じ熱を放った。

「ああ……！　あ……っ！」

間歇《かんけつ》的に注ぎ込まれる、彼の一途《いちず》な想いに、夢中で応える。

七年も待たせた初恋の成就に、涙はふさわしくない。分かっているのに、遥人はとめどない涙に咽《むせ》びながら、弛緩《しかん》していくアシュリーの体を、両腕で受け止めた。

エピローグ

『――親愛なる遥人へ。七年ぶりだね。元気にしていたかい？』

暖かな南の島の静養地へ向かう、遥人宛ての飛行機のチケットに同封されていた、ジェラルド伯爵からの手紙。留学中に父親同然にかわいがってくれた、懐かしい伯爵の字を見つめて、遥人は手紙の続きを読んだ。

『君がセント・パウエル校の教員として、英国へ戻ってきたと、アシュリーから聞いたよ。あの子が理事長になっていて、君はきっと驚いただろう。遥人が日本にいる間に、この手紙を送って報《しら》せるべきかと思ったが、君とアシュリーとの再会に、無粋なことはすまいと判断した』

白銀の風景に建つ古城のような、カントリーハウスの静かなサロンに佇み、遥人は便箋をめくった。暖炉の中で薪《まき》が弾け、パチパチと乾いた音を立てている。

セント・パウエル校のクリスマスパーティーはとうに終わっていても、本当のクリスマスは三日後だ。サロンに飾られたツリーのオーナメントを、暖炉の火が赤々と照らしている。

『私は英国を少し離れて、今は温暖なスペイン領のカナリア諸島で過ごしている。今度のクリスマス休暇に、君の予定が空いているのなら、アシュリーと二人で訪ねてきてほしい。妻と娘たちも、君に会いたいと言っているよ』

アシュリーから預かったこの手紙を、もう何度も読んでいるのに、いつも同じ文章のところで、目の奥が熱くなってしまう。

七年前、日本に帰ってくれと遥人に命じた伯爵に、彼の方から、会いたいと告げられるのは、夢を見ているようだった。

『遥人。私に従い、アシュリーのために日本へ帰った君に、私は詫《わ》びなければならない。七年前に私たちが交わした約束は、君を深く傷付けたことだろう。今更過ぎた時間は取り戻せないが、どうか許してほしい』

いいえ、と遥人は首を振って、伯爵の詫びる文章に、そっと指で触れた。

「あの時は、それが最上の選択だと思いました。伯爵、僕は傷付いてなんかいません」

早く伯爵に会って、直接この言葉を伝えたい。飛行機のチケットに印字されている搭乗日は、明後日だ。

クリスマス・イブのその日を、こんなに心待ちにするのは、遥人は初めてだった。アシュリーの恋人として、彼の家族と一緒に聖夜を過ごすなんて。やっぱり自分は、幸せな夢の中にいるんだ、と、遥人は微笑んだ。

「――ハル。また父様の手紙を読んでいたの？」

不意に、サロンのドアが開いて、乗馬服に身を包んだアシュリーが顔を覗かせる。雪が止んで晴れた今日は、銀世界を一緒に楽しもうと、二人で乗馬をする約束をしていた。

「うん。搭乗日が待ち切れなくて」

「私が父様に焼きもちを焼く前に、その手紙を仕舞って。厩舎《きゅうしゃ》へ行こう。雪駆けの用意が整ったよ」

「馬に跨《また》がるのは久しぶりだから、上手に手綱《たづな》を取れるかな」

「大丈夫、私が優しくレクチャーし直してあげる。行こう、ハル」

「うん」

遥人は借り物の乗馬服の上着のポケットに、折りたたんだ伯爵の手紙を収めて、アシュリーとサロンを後にした。

アシュリーをはじめ、ジェラルド伯爵家は何代にもわたって、馬をとても好んだ家系だ。このカントリーハウスにある厩舎では、古くから当主と家族の愛馬たちが、何十頭、何百頭と育てられてきたという。

久しぶりに厩舎を訪れた遥人は、広いその一角で飼われている、一頭のサラブレッドの前で足を止めた。飼い葉桶《おけ》に鼻先を埋めていたその馬が、黒曜石《こくようせき》のような黒い瞳をぱちくりとさせて、遥人の方を見る。

「キャロル――？　嘘みたいだ、また君と会えるなんて」

七年前から数えて、もう十歳になるはずの、栗毛《くりげ》の牡馬《ぼば》。遥人のことを、何度も自分の鞍《くら》に乗せた人間だと気付いたのか、キャロルは尻尾《しっぽ》をぶるん、と震わせて、食べかけの飼い葉ごと顔を擦《す》り寄せてきた。

「僕のことを覚えていてくれたの？　キャロル」

よしよし、とキャロルの好きだった耳の後ろを撫でてやると、気持ちよさそうに嘶《いなな》く。すると、遥人よりもずっと乗馬服の似合うアシュリーが、近くの馬房から白馬の手綱を引いてきた。

「キャロルはハルのことが大好きだったんだ。忘れるはずがない」

「――うん。僕が日本に帰ってからも、この子のことを、君が大切に世話していたんだね。歳を取ったけど栗毛の艶があの頃のままだ」

「ああ。ブラッシング一つ手を抜くことはできない。キャロルはあなたの馬も同然だから」

「ありがとう。アッシュ」

「お礼はあなたのキスがいいな。ハル」

「もう……っ。キャロルの前で、からかうのはやめよう」

頬を真っ赤にして、遥人は照れ隠しにキャロルの首に顔を埋めた。

アシュリーの手が、今朝起き抜けのベッドで触れてきた手と同じ優しさで、遥人の髪を撫でてくれる。

「アッシュ。ここにルイスもいたらよかったのに。残念だね」

ルイスはアシュリーの美しい愛馬で、キャロルとともに、七年前ここで飼われていた白馬だった。病気で亡くなったらしいルイスには、もう写真でしか会えない。

「ルイスは天国に逝《い》ったけれど、優秀な娘を遺してくれたよ。――リデル、私の恋人のハルだ。ご挨拶《あいさつ》をおし」

アシュリーが手綱を一度引くと、行儀よく、リデルが白い頬を差し出してくる。遥人は美形なその頬を、優しく撫でた。

「はじめまして、リデル。今日は一緒に雪遊びをしようね」

寒冷地にあるこの厩舎で育った馬たちは、みんな雪が好きだ。遥人は鞍を着けたキャロルを馬房から出すと、真っ白な馬場へと促して、騎乗した。

キャロルの背中の上から見渡す、カントリーハウスとその広大な領地。

青空と雪で彩られた世界を、リデルに騎乗したアシュリーと並んで、どこまでもどこまでも、駆けてみたい。

「すごい。アッシュ、なんてここは、美しいんだろう」

「あなたがいるからだ」

「え？」

「――先に行くよ。新雪は私とリデルのものだ」

「アッシュ、ずるいよ、待って。さっき何て言ったの？」

「秘密」

くすくす、アシュリーの笑い声が、楽しそうに雪を撥ね上げている馬たちの嘶きに混じった。

遥人は彼の後を追って、相棒の手綱を、ぎゅっと握り締めた。

END

あの日の約束

『アシュリー理事長、事務局からご連絡いたします。新任のハルト・サガラ教諭が、当校に無事到着されました』

七年前に失った、宝物の名前を聞いて、電話の受話器を持つ手が震えた。その震えが唇にまで拡散しないうちに、早口で応《こた》えた。

「分かった。失礼のないように、丁重におもてなしを」

『ご安心ください。ミスター・サガラは、只今《ただいま》サミュエル校長とご歓談中です』

「そうか。こちらからもすぐに、校舎の案内役を向かわせよう」

速度を上げていく鼓動に、気付かないふりをするのは難しい。受話器を置いて、は、と深呼吸をする。騒がしい胸に手をあて、執務室の天井を見上げていると、応接用のソファに座っていた生徒が、くすりと笑った。

「初めて目にしました、あなたのそんなに落ち着かない顔は」

「――ルカ総長。君に私をからかっている暇などないよ」

「すみません。学校の内外で尊敬を集めるアシュリー理事長に、深呼吸をさせる相手とはいったいどんな人なのかと、個人的な興味が湧《わ》いたものですから」

くすくす、笑うのをやめないルカに、一瞥《いちべつ》をくれてやる。子供の頃から知っている間柄だとはいえ、ナーバスになっている今は、不必要に彼の好奇心を煽《あお》りたくない。

「君の遠回しに慇懃《いんぎん》な口調は、寮長をやっていた君の兄とそっくりだな」

「その私の兄が、以前よく言っていたのを思い出しました。『親友のアッシュは、日本から来た黒髪のサムライに夢中だ』と。あなたと兄がここに在学していた頃の話ですから、うろ覚えですが」

「ルカ、思い出話はまた今度にしよう。ミスター・サガラに校舎の案内をして差し上げたら、手筈《てはず》通り、彼をここへお連れしてほしい」

「仰《おお》せのままに、アシュリー理事長。私がこの部屋のドアをノックするまで、どうぞ髪でも整えてお待ちください」

ソファから立ち上がり、成績優秀者の証《あかし》の黒いガウンを翻《ひるがえ》して、ルカが執務室を出て行く。親友の弟にからかわれるのは癪《しゃく》だが、パタン、とドアが閉まった途端、鼓動を大きくする心臓を抱えたままでは、何の言い訳もできなかった。

「まったく……。生徒総長に選ばれてから、ますます手強《てごわ》くなったな、彼は。本当なら、私が総長をしていた頃に、あなたをここへ招きたかったよ、――ハル」

執務室の壁際に並ぶ、日本文学の書籍を集めた本棚を見やって、そう呟《つぶや》いた。簡単な挨拶《あいさつ》しかできなかった日本語を、名作を紐解《ひもと》いて教えてくれた家庭教師。初恋の痛みを残して去った彼に、もう一度会うためだけに、自分は理事長としてここにいる。

これは賭《か》けだ。

彼が強《し》いた七年間の孤独に、終止符を打つための。

「ハル。あなたが私を忘れていたら、潔く諦《あきら》める。だが、あの頃と変わらず、あなたが私をアッシュと呼んだら、けしてあなたを離さない」

再会を待ち切れずに、逸《はや》る想《おも》いを溜息《ためいき》に変えて、本棚に右手を伸ばす。慎重に取り出したのは、日本の明治時代に発行された、骨董《こっとう》的な価値のある雑誌だ。

それに収録されている、昔彼がベッドの中で読み聞かせてくれた、『舞姫《まいひめ》』。別離で終わった物語の中の恋人たちと、自分たちは違う。そう信じて開くページは、あの頃彼が開いたページよりも、重たい気がした。

*　*

「アシュリー、いいものを見せてあげよう。日本にいるお前の友達だよ」

「日本の子?」

遥人《はると》のことを初めて知ったのは、確かプレップスクールに入る前の、五歳くらいの時だったと記憶している。父様《とうさま》に見せてもらった、日本の小学生たちを写したスナップ写真の中に、彼はいた。

「名前は遥人というそうだ。利発そうな、かわいい子だね」

「ハル――」

『ハルト』は子供の自分には発音が難しくて、『ハル』という愛称が定着した。

ショートカットの快活な髪型に、丈の長いキュロットのような民族衣装を着た、かわいい女の子。当時はまだ、その服が剣道をするための袴《はかま》だということも、『ハルト』が男の子につける名前だということも、知らなかった。一緒に写っているどの子よりも、遥人のことが目に焼き付いたのは、黒髪と黒い瞳が、凜々《りり》しくてとても印象的だったからだ。

写真の中の遥人に、いつか会ってみたいという願いは、セント・パウエル校へ進学した頃から、とても強くなった。小学生だった女の子は、きっと素敵なレディになっているはず。ショートカットから、黒髪を長く伸ばした姿も見てみたくなった。

セント・パウエル校の第二学年、十四歳になった年の、夏休みのある日。遥人が英国にやってくる日を、指折り数えて待っていた自分の前に、ついに運命の瞬間が訪れた。歓迎のケーキと紅茶を用意した、メイフェアのタウンハウスに現れた遥人は、袴でもスカートでもなく、スラックスと革靴を履いていた。

「はじめまして、アシュリーくん。僕は留学生の相良《さがら》遥人といいます」

円《つぶ》らな瞳《ひとみ》を柔らかく細め、遥人は滑《なめ》らかな英語で話しかけてきた。聞き取りやすい澄んだ声は、明らかに男性のもので、勝手に彼のことを女の子だと思い込んでいた自分は、世界がひっくり返るほど驚いたことを覚えている。

「君のお父様のご厚意で、留学中はこちらでホームステイをさせていただくことになりました。よろしくお願いします」

「よ――よろしく。親しい人には、僕はアッシュって呼ばれてる。あなたもそう呼んで」

「ありがとう、アッシュ。僕は君の日本語の家庭教師をするよう頼まれています。日本語で知っている単語や言葉はあるかな？」

「えっと……、アリガトウ、オハヨウゴザイマス、コンニチハ、すぐに思いつくのはそれくらい」

「それじゃあ、今日から僕と挨拶をする時は、日本語を使おう。今は午後だから……」

「コンニチハ、だね」

「正解です。よくできました」

シャイにはにかんだ笑顔を見て、彼は写真よりもずっとかわいい人だと思った。平面の被写体だった存在が、輪郭を持った生身の存在へと、鮮やかに変わっていく。握手ができる遥人に会えて、嬉《うれ》しくてたまらなかった。

「ハル。あなたのことを、ハルと呼んでもいい？　僕はずっと心の中でそう呼んでいたんだ」

「僕のことを？　もちろんかまわないけど、ハルっていう綽名《あだな》は、君が初めて」

「本当っ⁉　嬉しい！　早速教えて、ハル。おいしい紅茶があるんだ。アフタヌーンティーのことを、日本語では何て言うんだろう」

「三時のおやつ、かな」

「サンジノオヤツ――舌を嚙《か》んじゃいそうだ」

「あはは。すぐに慣れるよ。一緒に勉強をがんばろうね」

朗《ほが》らかに笑った顔も、やっぱりかわいい。遥人の笑顔がもっと見たくて、彼が女の子でなかったことなんて、頭の中からとっくに消え去っていた。


週末の休みになると、校門の前には生徒たちの迎えの車が並び、シティ方面行きのバスターミナルも、ひっきりなしのバスの往来で賑《にぎ》わう。

上下関係と秩序を重んじるルールと、自習時間が義務付けられた寮での寄宿生活は、多感な年頃の自分たちには堅苦しい。週末のたびにタウンハウスに帰るのは、単なる息抜きだと思っていたけれど、遥人がホームステイをするようになってからは、何よりも楽しみな時間に変わった。

「ハル、ただいま！　一週間ハルに会えなくて寂しかった」

「おかえり、アッシュ。ちょっ……、そんなにぎゅうぎゅう抱き締めたら、息ができないよ」

「だってハルに会いたかったから。ねえハル、僕におかえりのキスは？」

「日本人は基本的に、キスの挨拶はしないんだよ」

「ここは英国だもの。ハルがしてくれないなら、僕がしてあげる」

「あ…っ」

恥ずかしがっている遥人の頬《ほお》に、ちゅ、と唇で小さく触れる。一週間前の週末も同じことをして、彼を困らせた。兄弟とも違う、友達とも違う、遠い国から来た五歳年上の家庭教師に甘えたくて、遥人を抱き締めた腕を離せない。

「ただいまのキス。ハル、頬が真っ赤だ」

「――もう。悪戯《いたずら》ばっかりして、悪い子だな、君は。僕より体は大きいのに、やんちゃで甘えん坊なんだから」

「ハルが小さいんだよ。抱っこして簡単に持ち上げられそう」

「アッシュ、それをやったら二度と君と口をきかないからね？」

「そんなの駄目だよ！　ごめんなさい、ハル。ううん、遥人先生、新しい本を借りてきたから、また一緒に読んで」

読書が好きな遥人のために、学内のライブラリーで日本語の本を借りて帰るのが、ここ最近の習慣になっている。自分一人では読めない難しい本を借りるのは、わざとだ。遥人を独り占めするために、夜に彼のベッドに潜り込んで、読み聞かせをしてもらうのだ。

礼儀正しくて、素直な優しい性格の彼のことを、家族はみんな気に入っている。妹たちとはいつも遥人の取り合いになって、父様と母様《かあさま》に叱《しか》られてしまうから、みんなが寝静まった夜だけが、遥人と二人きりで過ごせる大切なひとときだった。

「今日は何を借りてきたの？」

「オウガイ・モリの全集。ドイツに留学した日本人が主人公の作品があるって、ライブラリーの司書の先生に聞いたんだ」

「『舞姫』かな。……アッシュには少し難しくて、背伸びをした物語かもしれないよ？」

「平気。主人公がハルに似ているから、読んでみたい」

「分かった。夜に日本語の勉強をしてから、その後でね」

「うん。約束だよ」

もう一度遥人の頬にキスをしてから、やっと腕を解《ほど》く。彼は照れくさそうに微笑《ほほえ》んで、リビングの向こうの掃き出し窓へと目配せした。

「エイミーとスーザンが、庭で君と遊びたがっているよ。行ってあげるといい」

「ハルも一緒に遊ぼうよ。ビニールプールを出して、水浴びしよう」

「僕はこれから、剣道の稽古《けいこ》があるんだ。今日は道場の鍵《かぎ》当番だし、もうそろそろ出掛けなくちゃ」

遥人の実家は道場を開いていて、彼自身も子供の頃から剣道を習っていたらしい。英国に来てからも、彼はストイックに毎日鍛錬を重ねている。遥人の黒い瞳が凜々しいのは、きっと彼が本物の剣士だからだろう。

「ハル、僕も道場までついて行っては駄目？」

「いいけど、稽古を見学するの？」

「うん。ハルが竹刀《しない》で戦っているところを、見てみたいな」

「試合形式の稽古は緊張感があっておもしろいよ。じゃあ、エイミーとスーザンに、行ってきますのキスをしておいで」

「――うん」

妹たちに優しい遥人に、少し焼きもちを焼いた。自分にだけ優しくしてほしいと願うのは、子供っぽい我《わ》が儘《まま》だと分かっている。

父様と母様にさえ、こんなに手放しで甘えたいと思ったことはなかった。遥人という存在を、一言で表せる言葉が思いつかない。彼のことを考える時、家族や友達を好きだと思う気持ちとは、全然違うものが胸を熱くさせる。

自分でもコントロールのできないその熱は、道場で稽古をする遥人を見た途端、一気に沸騰した。初めてだった。遥人の本当の姿を見たのは。たくさんの練習生を前にして、縦横無尽に竹刀を振るう彼は、優しく日本語を教えてくれる家庭教師の彼ではなかった。

「イヤアアアアア――――ッ！」

勇ましい気声、竹刀と竹刀の鍔迫《つばぜ》り合い、道着の肩から立ち上る熱気と緊張。遥人はサムライだった。見えないくらいのスピードで竹刀を繰り出し、相手を圧倒する。それでいて、礼をする佇《たたず》まいは静かで、とても清々《すがすが》しい。

「……すごい……っ」

呆然《ぼうぜん》とした自分の唇から零《こぼ》れたのは、恥ずかしいくらい陳腐な囁《ささや》きだった。どうしてもっと早く見学しに来なかったのだろう。釘付《くぎづ》けになって遥人を見つめているうちに、視界の中に彼しかいなくなっていた。

「アッシュ、退屈じゃない？　君もやってみる？」

「う、ううん、僕はここで見てるよ。ハル、すごくかっこいい。クロサワの映画で観た用心棒みたい！」

「ありがとう。でも、ちょっと褒《ほ》め過ぎかな」

「本当にかっこいいんだもの！　ハルはサムライだったんだね」

休憩用の水とタオルを差し出しながら、興奮し切っていた自分のことを、遥人はどう思っただろう。

剣道を究めようとする遥人の姿、声、仕草、彼の一挙手一投足に魅了される。稽古が終わる時間まで、夢中になって遥人を見続けていた。一瞬も見逃したくなかった。

両目に強く焼き付いた、サムライの遥人。興奮が冷めなくて、遥人がシャワー室で汗を流している間、こっそり彼の竹刀を収めた竹刀袋に触れてみた。丈夫な帆布を染めた袋の表に、漢字が一文字、刺繍《ししゅう》してある。

「お待たせ、アッシュ。荷物の番をさせてごめんね。冷たいおやつでも食べて帰ろう」

急いでシャワーを済ませたんだろう。遥人の黒髪はまだ濡《ぬ》れていた。艶《つや》のあるその髪の先から、シャンプーの香りがふわりと漂って、彼の隣を歩く自分の鼻をくすぐっている。

「ハル、その竹刀袋の刺繍は、何て読むの？」

「『志《こころざし》』だよ。実家の道場を開いた祖父が、よく書に認《したた》める字なんだ。『一つの道を目指す強い心』って教えられた」

「一つの道……剣道のことだね」

「うん。子供の頃は、僕も祖父や父と同じように剣道を究めて、道場を継ごうと思っていた」

「今は？　違うの？」

「高校に入って、進学か就職か進路を決める時、迷ったんだ。道場を継ぐのは最後でもいいんじゃないかって。それを言ったら、両親とケンカになってね。大学に進んではみたけど、将来のことは何も決められなかった。そんな時に、アッシュのお父さんから、留学を勧められたんだ」

「僕の父様は、ハルにいいことをした？」

「――うん。ジェラルド伯爵にはとても感謝してる。こっちの大学に通って、考える時間をたくさんもらえたし、剣道を純粋に楽しむこともできる。それに」

「それに？」

「アッシュに会えたことが、一番嬉しい」

「え……」

とくん、と心臓が大きく揺れた。道場にいた時は、面に隠れて見えなかった遥人の瞳が、まっすぐにこっちを見る。

「この国に来なかったら、アッシュにも会えなかった。君の家庭教師になれてよかった。アッシュは僕のことを先生と呼んでくれた、初めての教え子だよ」

「ハル。僕は学校の授業より、ハルが教えてくれる日本語の勉強が好き」

「嬉しいな。僕はまだ留学して間もないのに、ずっと一緒に剣道をやってきた友達よりも、君の方が近しい気がする。君のそばにいると、いつも僕は、満たされるんだ」

遥人の言葉が、耳元に溢《あふ》れて、ストリートの雑踏が遠くなった。

夕刻の人の波を避《よ》けるようにして、自分の足が勝手に路地裏の方へと向かっていく。

「アッシュ、どこへ行くの？　君の家はさっきの通りをまっすぐだろう？」

「ハル、……ハル。あのね、僕は、ハル――」

「アッシュ？」

「うまく言えないけど、僕は今、すごくあなたと手を繋《つな》ぎたい」

大きなストリートを離れた、路地の片隅で、遥人にねだった。彼に触れたい。触れたくてたまらない。

——いったい、この気持ちは何だろう。体の奥から止めどなく湧《わ》き出してくる、甘く疼《うず》くこの熱は。

「本当に君は甘えん坊だね」

「いけない？　ハル」

「……もう。恥ずかしいから、この路地を抜ける間だけだよ？」

左手を遥人に取られて眩暈《めまい》がした。竹刀を操っていた彼の手の、木漏れ日のような温かさに息を呑《の》む。

ぎゅっと手を握り返して、自分の指が震えているのを、一生懸命に隠した。遥人とずっとこうしていたい。でも、彼に触れていると、胸の奥の熱はどんどん温度を上げて、息が苦しくなる。

まるで難解なジグソーパズルみたいだ。矛盾するピースを全部繋げたら、遥人を独り占めしたい理由も、彼にだけ甘えたい意味も、きっと分かる。

「遠回りして帰ろう、ハル。このブロックの先に、おいしいイタリアンジェラートを出すカフェがあるんだ。レモンのジェラートがおすすめだよ」

手を繋いだまま、遥人をエスコートするように歩き出す。路地の奥へと進むたび、擦れ違う人もいなくなって、世界に二人しかいない錯覚をした。

遥人も同じ錯覚をしているだろうか。気になって左隣を見ると、袴やタオルを入れたバッグが、彼の肩の上で重たそうに揺れている。持ってあげると言ったら、彼は微笑んで首を振った。

「年下の子に荷物を持たせるのは悪いよ」

「僕の方が手が大きくて、力も強いのに」

「僕も見た目よりは力持ちなんだよ？　だから大丈夫。ありがとう、アッシュ。君は紳士だね」

紳士――英国人として生まれた自分に、それ以上の褒め言葉があるだろうか。甘えん坊だと言われるよりも、ずっと誇らしい。

「僕が大人になった時に、本当の紳士になれていたら、またこうして手を繋いでくれる？」

「うん。いいよ」

「その時はハルを、カフェじゃなくレストランに連れて行くね。二人でタイを締めて、一番いい席に座ろう。あなたの椅子《いす》の上には、僕がこっそり用意した花束のプレゼントが置いてあるんだ」

「アッシュ、すごい。まるでデートみたいだね」

「デート……、そう！　デートだ。僕は紳士になって、あなたをデートに誘うんだ」

遥人は円らな瞳をいっそう丸くした後で、弾《はじ》けるように笑った。彼にはきっと冗談に聞こえたんだろう。

「ひどいよ、ハル。笑わないで」

「ごめんごめん、だって君が、おもしろいことを言うから」

「花束では駄目だった？　じゃあ——母様が指につけているような宝石がいい？」

「アッシュ、お腹《なか》が苦しいから、もうやめて。君がデートに誘うのは、僕じゃなくて女の子だよ」

「笑わないでって言っているのに。僕はあなた以外の人とデートはしないよ。絶対に」

ひょっとしたら、これが彼と二人きりで過ごす、初めてのデートなのかもしれない。そう思うと、硬いはずのアスファルトの足元が、雲のようなふわふわのキャンディフロスに変わった。

遥人と二人きりで歩くこの路地が、ずっとずっと遠くまで続けばいい。初めてのデートに夢中で、自分の目は眩《くら》んでいた。だからこの時、遥人と自分の身に、危険が迫っていることに気付かなかった。

「——アッシュ、手を離すよ。走って大きな通りへ戻ろう」

「え？」

「後ろを歩いてる人たちが、僕たちの様子を窺《うかが》ってる。偶然だと思っていたけど、ずっと距離を保って追ってきてるみたいだ。この路地は危ない」

遥人の手から、一瞬のうちに緊張が伝わってくる。思わず振り返った自分と、二十ヤードほど後方にいた、肩に品のないタトゥーをした男たちの目が合った。

「ハル……っ」

屈強な男の一人が、ジーンズのポケットに手を入れた。彼が取り出そうとしているのは、折りたたみナイフか、それとも、ピストル？　獲物に狙《ねら》いをつけた動物のような、狡猾《こうかつ》な眼《まな》差《ざ》しにぞっとする。あの男たちはきっと、この街によくいるストリートギャングだ。

「行こうアッシュ。後ろを見るな」

遥人の緊迫した声とともに、男たちがこっちへ向かって駆けてくる。二人で全速力で逃げながら、心の中で、激しく後悔した。

この街は治安の悪いスポットが点在している。歩き慣れた場所だと油断して、路地の奥まで入ったのは自分のミスだ。自分のせいで、遥人を危険な目に遭わせてしまった。

「あ……っ！」

もう少しで路地を抜けられたのに、出口を塞《ふさ》ぐようにして、前方に別の男たちが現れる。最初から獲物を挟み撃ちにするために、彼らは二手に分かれて罠《わな》を張っていたのだ。

「アッシュ止まれ！　そこの壁に背中をつけろ！」

どん、と遥人に強く押されて、古ぼけたビルの外壁に、体をぶつけた。視界がぶれて、一瞬、何が起こったのか分からなかった。男たちが扇状に周りを囲み、薄笑いを浮かべてこっちを睨《にら》んでいる。

「追い駆けっこは終わりだ、坊やたち。おい、でかいの、財布と腕時計を置いて行け」

口汚いスラングを浴びせられて、思わず、かっと頭に血が上った。

「誰がお前たちの言いなりになんか――」

「黙って。卑怯者《ひきょうもの》の相手になるな」

「何だと？　チャイニーズか、このチビ。お前の耳から削《そ》いでやろうか」

ナイフを持った男が、遥人に刃《やいば》を向けて威嚇《いかく》した。遥人を守らなくてはいけない。咄嗟《とっさ》にそう思った自分の前を、彼のシャツの背中が遮《さえぎ》る。

「ハル――!?」

「動かないで。君のことは僕が守る」

遥人は男たちへと立ちはだかって、肩に掛けていた竹刀袋から、音もなく中身を抜いた。

「待って、ハル！　あなたが危ない！」

いくら遥人が剣道の達人でも、本物のナイフをちらつかせた男たちに敵《かな》うはずがない。相手は獲物に容赦をしない、獰猛《どうもう》なギャングだ。屈強な彼らに比べたら、小柄な遥人はただの少年にしか見えない。

「ハハッ、何だこいつ、刃向かう気だぞ」

「おとなしく金目のものを出せ、死にたくないんならな！」

――――。

遥人の背中を、その時静寂が包んだ。男が振り上げたナイフが、遥人へと向かって襲い掛かってくるのに、彼は微動だにしなかった。

「ハル！」

一瞬の静寂が終わり、目の前で遥人の黒髪が躍動する。彼はバッグを放り投げて、男たちの気勢を削いだ。

「てめぇ！」

怒号に耳を劈《つんざ》かれ、遥人の後ろで、自分だけが震えていた。けして怖かったからじゃない。男たちに立ち向かう遥人の迫力に、体じゅうが痺《しび》れていた。

遥人の繰り出した竹刀が、ぎらついたナイフを弾き飛ばし、怯《ひる》んだ相手の胴を打つ。道場で見た姿と同じ、鮮やかな彼の身のこなしから目が離せなかった。新たに向かってくるナイフをかいくぐり、逆上した男たちを、遥人は次々に竹刀で薙《な》ぎ払った。

「……嘘《うそ》……だよね……？」

自分は夢でも見ているんだろうか。

ほんの数十秒間の出来事が、忘れられない光景に変わる。背中を向けたままの遥人の足元に、打ち据えられた男たちが、苦しそうに呻《うめ》きながら崩れ落ちていく。

夕闇《ゆうやみ》の迫る路地に立つ、黒髪のサムライ。呼吸すら乱れていない、凜とした遥人の後ろ姿を、美しいと思った。

こんなに綺麗《きれい》で、強く気高い人を、自分は他に知らない。

「アッシュ、おいで。逃げるよ」

「……う、うん……っ！」

振り向いた遥人に手を引かれ、もう一度路地を駆け出した。遥人に打ち負かされた男たちは、誰も追ってこない。

走って、走って、メイフェアのタウンハウスに程近いストリートに出たところで、やっと足を止めた。

「はあっ、はっ、は……っ！　よかった、ここまで来たら、もう大丈夫だね」

「ハル……っ、どこにもケガをしていない？　平気？」

「心配いらないよ。相手は油断していたから、竹刀を持っていて助かった。——それよりもアッシュ、駄目じゃないか」

「え？」

「ああいう人たちの挑発に、まともに乗ってはいけない。君の言葉遣いやアクセントは上品だから、すぐに育ちが分かってしまう。貴族の子息が誘拐でもされたら、いったいどんな目に遭うか、想像してごらん」

「……ハル……」

「あの人たちは、僕に財布を出せとは言わなかっただろう？　最初から君のことを狙っていたんだよ。きっと裕福そうな子供に見えたんだ」

冷たいものが、ざわっと背筋を駆け抜ける。反射的に思い浮かんだ犯罪よりも、ずっと重たく胸に響いたのは、遥人の真剣な眼差しだった。

「君のお父さんに、君専属のボディガードと運転手をつけるように進言しておくよ。アッシュ、よく覚えておいて。戦って勝つには、勇気と同じだけの技術がいるんだ。自分の身を守れないのに、下手《へた》な挑発に乗ったりするな。いいね？」

そう念を押しながら、遥人は額《ひたい》に浮かんでいた汗を拭《ぬぐ》った。初めて厳しく叱られて、彼に何も言い返せない。

「ごめん、アッシュ。注意を怠っていた僕もいけなかった。君が一人じゃなくて、本当によかった――」

毅然《きぜん》としていた遥人の声が、急に震え出した。真っ白になった彼の唇が、苦笑のような、泣き笑いのような、複雑な形に戦慄《わなな》いている。

「ハル、どうしたの」

「今になって、緊張してきた。あの人たち、みんな髑髏《どくろ》のタトゥーをしていたね。東京にも不良はいるけど、迫力が違ったよ。……見て。情けないな。手まで震えてる」

竹刀を握ったまま、ぶるぶると揺れている遥人の右手。拭っても拭っても引かない汗。彼は恐怖心さえ忘れて、無我夢中で自分のことを守ってくれたのだ。

「ハル、ごめん、なさい」

遥人こそが、本当の紳士だ。真正面から叱ってくれる、優しくて強い、黒髪のサムライ。

「僕のせいだ。僕が——あの路地に入ったから」

「アッシュ？」

「ごめんなさい……っ」

急に両目の奥が熱くなって、気が付いたら、涙が溢れていた。ぽたぽたと落ちた雫《しずく》の向こうで、遥人が驚いている。

「アッシュ、泣かないで。僕は怒ったんじゃないよ？　君に気を付けてほしかっただけ」

「ごめんなさい。ハル、ごめん」

「アッシュ……」

震えていたはずの遥人の手が、おずおずと髪に触れて、そして頭を撫《な》でてくれる。

十四歳の自分よりも、背の小さな遥人。彼が五歳も年上の家庭教師だなんて、通りを擦れ違う人々は、誰も分からないだろう。

「怖い思いをしたね。もうあの人たちはいないから、泣き止《や》んで。ね？」

——違う。泣いているのは、そんな理由じゃない。遥人に守られたことが、悔しいからだ。

彼を守ってあげられなかった、子供の自分が、許せないからだ。

「アッシュ。顔を上げて。――大丈夫。君に悪いことをする人は、僕が蹴散《けち》らしてあげるよ。約束する」

遥人は優しい声で囁いて、そっと右手の小指を取った。指と指とを絡める、おまじないのような仕草。泣きながら小首を傾《かし》げる自分に、彼は澄んだ瞳で頷《うなず》く。

「指切りしよう。こうして交わした約束は、絶対に破っちゃいけないんだ。僕は君を守る。君のことを、もう泣かせたりしない」

「ハル、僕も……っ、僕だって、あなたを守りたい。今日のハルみたいに、早く大人になって、あなたを守る強い紳士になるんだ」

指切りの約束と、遥人に誓った想い。悔しさも、いとおしさもごちゃ混ぜにして、難解だったパズルのピースが、やっと繋がる。

これは恋だ。遥人に恋をしたんだ。

世界で一番大切なものを見付けた。遥人の他には、何もいらない。

「ハル。僕は、あなたのことが好き」

「アッシュ、ありがとう。僕も君のことが好きだよ」

「大好き。ハル――遥人。あなたは僕だけの、大切な人」

好き、大好き、と二人で繰り返した言葉は、同じ意味ではなかったはずだ。でも、この時の自分にとっては、精一杯の告白だった。初めての恋に酔って、甘い熱に浮かされて、遥人のことを信じ切っていた。

指切りをした約束は、絶対に破ってはいけない。——だから、そう言った遥人が、嘘をつく日がくるなんて、思いもしなかった。幸福だと信じていた、遥人と二人で紡《つむ》いだ時間。彼が英国に来て、一年と半分が過ぎた頃、突然の別れが自分たちを引き裂いた。

十五歳の冬。ロンドンの街がクリスマスシーズンに沸いていた、寒い雪の日。

彼は去った。

初恋の片割れに、たった一度の口づけを残して、置き去りにしたのだ。

＊　＊

古い雑誌をめくる乾いた音が、執務室に小さく響いた。家庭教師をしていた頃、遥人が読み聞かせをしてくれたのは、現代語訳の『舞姫』だ。発行当時の原書を読んでみたくて、方々を探して手に入れたこの雑誌を、遥人に見せたら喜んでくれるだろうか。

「ハル、知っていた？　別離の物語は、置き去りにされた方は多くを語られない。筆者が書かなかったページの先に、本当の物語があるんだよ」

英国を去ることで、物語に決着をつけた遥人は、きっと知る由《よし》もない。彼が捨てた初恋の相手の、手足をもがれるような喪失感と、心を痛みで焼き尽くした焦燥を。

日本へ帰国した遥人を追って、何度飛行機に乗ろうとしたか知れない。遥人に焦がれて、思い詰めるそのたびに、紳士になると約束した、あの日の自分に立ち戻った。

「――ハル。私は、あなたの望む紳士になれたかな」

ふと目をやった窓ガラスに、別れから七年経《た》った自分が映っている。同じだけ時を過ごした遥人に、もうすぐ会える。

『理事長、ミスター・サガラをお連れしました』

執務室のドアをノックする音と、ルカの声が聞こえた。

最初で最後の賭けが始まる。この初恋の行き着く先が、幸福であることを祈る。

「ありがとう。鍵は開いている。遠慮なく、お入りください」

口をついて出たのは、遥人が教えてくれた日本語だった。

ドアを開けて、彼が静かに入ってくる。

彼の匂《にお》い。息遣い。たったそれだけで、再び動き始めた恋に溺《おぼ》れる自分がいた。

END

あとがき

こんにちは。または初めまして。御堂なな子です。このたびは『うそつきなジェントル』をお手に取っていただきまして、ありがとうございます。今作には二人の紳士が登場します。そして、二人とも嘘つきです。

前々から興味があった英国パブリックスクールもの、ついに一冊の本に纏めることができました。寮で寄宿生活を送る多感な年頃の男子たち。何だか背徳の香りが漂ってきそうですが、今作の主人公たちは、初恋の痛みを抱える大人の男性です。

普段はわりと、本が発行される時期に合わせて、物語の中の時期も決めるようにしているので、こんなに季節外れになったのは初めてです。関東では葉桜の季節に雪！　でもパブリックスクールはクリスマスが合う気がしたんですよ……。まったくの個人的見解なんですが、中世の頃に建てられた校舎に雪が降るのって、絵になるなあ、と思ったんです。雪から連想するもう一つのものが、剣道の寒稽古だったので、主人公の一人に竹刀を持ってもらいました。

今作に、美しくて凛とした二人の紳士を描いてくださった、高星麻子先生。お忙しいスケジュールの中、イラストをお引き受けいただいてありがとうございました。古いしきたりが残ったパブリックスクールの世界を、高星先生の芸術的なイラストが、華やいだものに塗り替えてくださいました。私はこれから何度も、ハルとアッシュの表紙を眺めて、一人で悦に入ると思います。このたびは本当にありがとうございました！

いつもご迷惑をかけている担当様。またぎりぎりまで原稿に付き合っていただいて、すみませんでした。変なところにこだわる癖を直したいです。これからもどうぞよろしくお願いいたします。

心の癒しのYちゃん。応援してくれてありがとう。最近は泣きついてばかりですが、本音ではあなたに泣きつかれる友人でいたいと思っています。パソコンでヨーロッパの地図を見ていると、決まってツッコミを入れてくる家族。相変わらずパスポートは作っていないので、勝手に海外旅行のプランを立てないでください。それから、影で支えてくださっているみなさん、原稿を乗り切るパワーをありがとうございます。

最後になりましたが、読者の皆様、ここまでお付き合いいただいて、どうもありがとうございました。今作も自分だけが楽しんでいるんじゃないかと、少し心配です。よろしければ、作品のご感想などをお聞かせください。パブリックスクールに興味を持っていただけたら何よりです。

それでは、みなさんにまたお目にかかれることを願っております。

御堂なな子

✦初出　うそつきなジェントル…………書き下ろし
　　　　あの日の約束……………………書き下ろし

御堂なな子先生、高星麻子先生へのお便り、本作品に関するご意見、ご感想などは
〒151-0051 東京都渋谷区千駄ヶ谷 4-9-7
幻冬舎コミックス　ルチル文庫「うそつきなジェントル」係まで。

幻冬舎ルチル文庫

うそつきなジェントル

2015年5月20日　　第1刷発行

✦著者　御堂なな子　みどう ななこ

✦発行人　伊藤嘉彦

✦発行元　株式会社 幻冬舎コミックス
〒151-0051 東京都渋谷区千駄ヶ谷 4-9-7
電話 03(5411)6431［編集］

✦発売元　株式会社 幻冬舎
〒151-0051 東京都渋谷区千駄ヶ谷 4-9-7
電話 03(5411)6222［営業］
振替 00120-8-767643

✦印刷・製本所　中央精版印刷株式会社

✦検印廃止

ISBN978-4-344-83448-4　C0193　Printed in Japan